Gero Siebeneich

Rabenfee

AF215463

Gero Siebeneich

Rabenfee

Die Geschichte vom Herrscherstab

Mit Illustrationen von Hilâl Uysalkan

Ein ausführliches Personenverzeichnis findet sich am Ende des Buches.

Dieser Titel ist auch als eBook erhältlich.

Bibliografische Information der Deutschen
Nationalbibliothek: Die Deutsche Nationalbibliothek
verzeichnet diese Publikation in der Deutschen
Nationalbibliografie; detaillierte bibliografische Daten sind
im Internet über http//dnb.dnb.de abrufbar.

Herstellung und Verlag:
2018 BoD – Books on Demand, Norderstedt

Umschlaggestaltung/-motiv:
Günter & Tobias Knauth, Galerie & Kunstschule, Bonn,
unter Verwendung eines Motivs (Tree of Life) von Eastgate
Resource, London

ISBN: 978-3-748-14945-3

Für Pina,

dem neugierigsten, fantasievollsten

und großartigsten Patenkind,

das sich ein Geschichtenerzähler wünschen kann.

Schottische Nordküste, Frühsommer 2014

Kheira überquerte die Küstenstraße am einzigen Zebrastreifen von Lossiemouth. Drüben angekommen setzte sich die Mischlingshündin, die sie an der Leine führte auf den Hintern und schaute erwartungsvoll über die Schulter nach dem Mädchen, das nur wenige Schritte hinter ihr war. „Ja, ich mach dich sofort los. Du kannst es mal wieder kaum erwarten." Nervös rutschte der Hund auf den Hinterläufen hin und her und sobald Kheira die Leine vom Halsband gelöst hatte, genügte ein Kopfnicken von ihr und Easy schoss wie ein Pfeil in die Dünen und war gleich drauf verschwunden. Die vierzehnjährige Schottin kannte das Ritual und wusste, dass sie ihre Freundin am Strand wiedersehen würde. Easy hatte ihren Namen nicht von ungefähr, wenngleich die junge Hündin ihr gutes Benehmen vor allem Kheiras Vater verdankte, der viel Zeit mit ihr beim Hunde-Training verbracht hatte. Aber sie war schließlich ein schottischer Hund und der brauchte nach Kheiras Meinung auch seine Freiheiten.

Es war ein typischer Dienstagnachmittag. Ihre Mutter, die zwei Jahre nach der Geburt ihres kleinen Bruders Collin wieder halbtags in ihrem Beruf als Hebamme arbeitete, war dann bei den jungen Müttern im Umland zur Nachsorge. Collin wurde währenddessen von

9

Grandma Elisabeth, die in einer Nebenstraße ein kleines Reihenhaus bewohnte rührend umsorgt und Kheira durfte nach dem Lunch mit dem Hund raus, bevor die Hausaufgaben ihre Aufmerksamkeit verlangten.

Als sie die Dünen durchquert hatte, schlug ihr der Wind hart ins Gesicht. Obwohl bereits Juni, waren Wetterkapriolen hier oben an der schottischen Nordküste keine Seltenheit. Grandma pflegte zu sagen: „Wem das Wetter hier nicht gefällt, der wartet halt zwanzig Minuten." Elisabeth war eine kluge alte Dame, die meist Recht behielt. Durch den stetigen Wind angetrieben, wechselten sich helle und dunkle Wolkenbänder mit sonnigen Abschnitten rasch ab.

Kheira zog sich die Kapuze ihrer Jacke tief ins Gesicht und spähte unter dem Fellrand nach dem Hund. Easy war am Strand immer völlig ausgelassen und tollte zwischen dem hier reichlich vorhandenen Strandgut, das vom Meer angeschwemmt wurde herum. Dabei entging ihren wachen Augen und ihrer vorzüglichen Nase nichts von Interesse, und Dinge, die einer näheren Untersuchung bedurften, schleppte sie an oder wenn die Sachen zu schwer waren, führte sie Kheira hin, damit sie näher in Augenschein genommen werden konnten. Mal waren es Auftriebskörper die sich von Fischnetzen gelöst hatten und die im seemännischen Fachjargon „Flottholz" heißen. Ein andermal brachte

10

sie ein lackiertes Holzbrett mit einer Aufschrift in einer fremden Sprache, die Kheira nicht entziffern konnte. Dann stellte sie sich vor, dass es sich um ein Brett mit dem Namenszug eines kleinen Fischerbootes handelte und sie fragte sich, wie dieses wohl in einem fernen Land zu Schaden gekommen war. Häufig kam Easy mit Salzwasser gebeizten Knüppeln an und wenn ein besonders schöner dabei war, dann war der für Grandma, die damit ihren Kräutergarten einzäunte zum Schutz vor den Nachbarskatzen, wie sie sagte. Die krummen Stöcke gaben dem Gärtchen hinterm Haus seinen besonderen Charme, wobei selbstverständlich alle wussten, dass der Zaun für die Stubentiger der Nachbarn keine echte Herausforderung darstellte.

Die Teemischungen und Tinkturen aus Omas Kräutergarten fanden im Ort reichlich Abnehmer. Sie halfen zum Beispiel als Aufguss bei Atemwegserkrankungen oder als Salbe, auf offene Wunden aufgetragen. „Früher war das noch eine andere Zeit, pflegte Grandma zu sagen. Da ist man nicht wegen jeder Kleinigkeit zum Arzt gegangen. Als ich jung war, gab es hier oben nur sehr wenige Ärzte und außerdem waren die Kenntnisse in Naturheilkunde unter den Frauen der Gegend weit verbreitet. Diese wurden traditionell von der Mutter an die Tochter weitergegeben." Elisabeth lag diese Tradition sehr am Herzen und so wunderte es nicht, dass ihre Mutter Mary ebenfalls ein wandelndes Lexikon in

Kräuterkunde war und auch Kheira durch die beiden Frauen eine umfassende Ausbildung in diese Richtung genoss.

Plötzlich tauchte Easy in Kheiras eingeschränktem Sichtfeld auf. Heute hatte sie ihre Spürnase offenbar im Stich gelassen. Was da vor dem Mädchen in den Sand fiel war eine handliche Colaflasche aus Kunststoff, der Salzwasser und Sonne bereits übel zugesetzt hatten. Das ehemals durchsichtige Plastik war milchig geworden und das ursprünglich rot-weiße Firmenetikett war fast ganz ausgeblichen. Die Buddel war zu. Der noch im Original-Rot erkennbare Schraubverschluss saß auf der Flasche.

Easy stand da, spitzte die Ohren und legte den Kopf in Erwartung des gleich beginnenden „Hol-und-Bring-Spiels" leicht schief. Kheira bückte sich und hob die Colaflasche auf. Sie war leer. Als sie zum Wurf ausholte, schlug etwas innen gegen den Flaschenhals, nicht sehr fest aber dennoch deutlich wahrnehmbar. Noch in der Wurfbewegung nahm sie das Tempo raus und ließ den Arm sinken. Easy, die sich bereits einige Meter in die vermeintliche Flugrichtung der PET-Flasche entfernt hatte, bremste ihren Lauf so abrupt, dass ihre Pfoten den Sand hoch in die Luft wirbelten. Irritiert und mit offenem Maul blieb sie stehen, während Kheira mit der freien Hand über die Colaflasche strich und nach einer durchsichtigen Stelle suchte. Am Flaschenboden, der sich nach innen wölbte wurde sie fündig. Drinnen lag ein zusammengerolltes bräunliches Papier, welches in der Mitte von einem geflochtenen Faden zusammengehalten wurde. An der Stelle, wo sie den Knoten vermutete, befand sich ein Siegel.

Eine Flaschenpost.

Avalon

Whistle saß am Ufer und blickte aufs Wasser. Er sah zu seinen Stellnetzen unweit der Flussmündung hinüber. Vielleicht würde sich heute eine schmackhafte Meerforelle oder gar ein Lachs darin verfangen, womit er seinem alten Meister Hora und Nala eine Freude bereiten konnte. Er diente dem Alten bereits seit vielen Jahren und musste nun mit ansehen, wie der sich zunehmend zurückzog. Der kleine Kobold wiegte den Kopf hin und her und summte dabei eine traurige Melodie.

Alles begann aus dem Ruder zu laufen, nachdem der Zauberstab des Meisters in die Welt der Menschen zurückgekehrt war. Es waren keine guten Zeiten auf Avalon – keine guten Zeiten.

Zu der Zeit, als die Götter der Römer und Christen über Britannien kamen wie eine Flut, verlor der alte Glaube immer mehr an Bedeutung. Als die Macht der alten Götter zusehends schwand, zogen sich Druiden, Magier, Priester und Feen mit ihren Helfern auf die Insel Avalon zurück. Für lange Zeit blieb die verborgene Pforte zwischen der Welt der Menschen und der „Anders-Welt", wie die Apfel-Insel Avalon auch genannt wurde, für die Eingeweihten geöffnet. So verlief das Leben auf Avalon lange Zeit in geordneten und ruhigen Bahnen. Als dann der alte Glaube vollends aus der Welt der Menschen verschwunden war und die Pforte über Jahrhunderte nicht mehr genutzt wurde, traf der Rat der Zwölf die Entscheidung, die letzte bekannte Passage, die Avalon mit der Welt der Menschen verband, zu versiegeln. Damit wollte man für alle Zeiten beide Welten schützen, indem man sie voneinander trennte.

Der Termin für die Zeremonie wurde für das bevorstehende Beltane-Fest angesetzt, an dem nach keltischem Brauch die Vermählung von Himmel und Erde mit leuchtenden Feuern gefeiert wurde. Die Pforte, die es zu schließen galt lag am See, der das zentrale Heiligtum von Avalon bildete. Er wurde von einem Quell genährt, dessen Wasser seit Anbeginn der Zeit unter der Insel ruhte und der hier an die Oberfläche trat. Der Bach, den der See speiste, schlängelte sich gefällig durch die Wiesen und mündete in der Nähe von Whistles Stellnetzen ins Meer.

Die Zeremonie

Es war ein sonniger Morgen. In der Welt der Menschen schrieb man das Jahr 1837. Der Herrin vom See kam die Aufgabe der Zeremonienmeisterin zu. Die schlanke Frau trug zu diesem Anlass ein weißes bodenlanges Kleid, das bis zum Hals geschlossen war. Ihr langes blondes Haar wurde an der Stirn von einem goldenen, mit Edelsteinen besetzten Diadem zusammengehalten und umschmeichelten weiter unten ihre geraden Schultern. In den Händen hielt sie ein Gebinde aus Wiesenblumen und Farnen. Visca, ihren Zauberstab, der zu den „Großen Fünf" gehörte, trug sie an dem goldbestickten Gürtel, der um ihre Hüften lag.

Dahinter schritten die vier weiteren Stabträger:

Hora, der Herr der Zeit, mit Regia dem Herrscherstab,

Wetgel, Meister des Wassers, mit seinem Zauberstab Aquilla,

Lumen, der Meister des Lichtes, mit Lux und

Meister Latex mit Salix, dem Weidenstab, der auch der Biegsame genannt wurde.

Dann kamen die gewählten Vertreter des Rates, sieben an der Zahl. Sie trugen allesamt die ihnen als Würdenzeichen verliehenen Halsketten mit dem Wappen Avalons. Auf den runden Anhängern war ein Apfelbaum abgebildet, in dessen Mitte sich das Hexagramm als Symbol der Alchemie befand. Die überlappenden Dreiecke symbolisierten die Elemente Feuer, Luft, Wasser und Erde.

Ihnen schlossen sich die übrigen Druiden, Priester und Feen an. In einiger Entfernung folgten Handwerker und Gehilfen. Am Ende des Zuges beobachteten die auf die Insel Verbannten misstrauisch die Prozession, die ihr Schicksal für immer besiegeln sollte.

Es war an Nimue, der Herrin vom See, zu Ehren der alten Götter die überlieferten Gesänge anzustimmen. Sie schritt zwischen den knorrigen Obstbäumen, die hier zeitgleich blühten und Früchte trugen hindurch, denn auf Avalon existierten keine Jahreszeiten. Das Gras unter ihren Füssen glitzerte feucht vom Tau, denn der Tag war noch jung. So näherte sich der Zug dem Wasser.

Die Pforte befand sich im knietiefen Wasser am Ufer des Sees, aus dem sie ihre Magie bezog. Sie war unsichtbar und bestand aus einem Energiefeld, das den Durchgang in die Welt der Menschen ermöglichte. In der Vergangenheit hatten zwei große Steinsäulen, die später entfernt worden waren ihre Abmessungen, angezeigt. Heute war sie nur mit geübtem Auge zu erkennen, denn das Wasser schimmerte dort ein wenig heller als anderswo.

Zur Zeit der ersten Götter gab es noch weitere Passagen zwischen den Welten. Doch die kannte heute niemand mehr und sie waren nicht für jedermann zugänglich gewesen, sondern den Göttern vorbehalten.

Die Prozession hielt am Ufer. Nur Hora und Nimue gingen ein Stück in den See hinein. Dann trat Hora an die Pforte und hob den Herrscherstab, so dass ihn alle sehen konnten. Er fasste Regia mit beiden Händen und führte ihn senkrecht vor die Brust. Die Augen hielt er dabei geschlossen. Seine Lippen bewegten sich leise. Am Ufer wartete man gespannt darauf, was nun geschehen würde, denn dem Einsatz von einem der Großen Fünf - mit Ausnahme von Nimues Heilerstab - konnte man nur selten beiwohnen.

Als der Piktenpriester die Augen öffnete, hob er den Stab ein wenig an und stieß ihn in die Pforte hinein.

Es folgte eine Explosion, wie sie niemand erwartet hatte. Viele der Umstehenden wichen erschrocken zurück. Regia übertrug die Erschütterung auf die Hand seines Herrn. Der ließ notgedrungen den Stab los und taumelte zurück. Sein Gesicht war aschfahl. Auf seiner Stirn stand kalter Schweiß.

Wie versteinert blickte er auf die Szene, die sich ihm bot. Die Pforte wurde instabil, sie vibrierte an den Rändern und diese Schwingungen setzten sich im Wasser fort. Die durch den Zauber herbeigeführte Reaktion war viel heftiger, als beabsichtigt. Was hier geschah, hätte nicht passieren dürfen. Es bildeten sich untypische Wellenmuster und bald war der gesamte See in Bewegung. Unmittelbar vor der sich unter unerträglichem Kreischen langsam schließenden Pforte hatte sich ein Strudel gebildet, der schnell an Durchmesser zunahm.

Regia trieb an der Wasseroberfläche. Er war bereits in eine kreisförmige Bewegung übergegangen und drehte sich nun um seine eigene Achse, wodurch er weiter ins Zentrum des Strudels geriet.

Sie stand links von Hora im knietiefen Wasser und war der Pforte näher als alle anderen. Voller Entsetzen hatte sie die Reaktion des alten Priesters beobachtet, der nun paralysiert seinem Zauberstab nachsah. Sie musste retten, was noch zu retten war.

Als der Herrscherstab auf seiner immer kürzer werdenden Reise um das Zentrum des Strudels in ihre Nähe kam, versuchte sie danach zu greifen, doch sie konnte ihn nicht erreichen. Also machte sie einen Schritt nach vorne um ihn nach einer weiteren Runde seiner Umlaufbahn dem immer stärker werdenden Sog zu entreißen. Ihre Finger verfehlten Regia nur um Haaresbreite.

Anstrengung und Enttäuschung pressten einen kehligen Laut über ihre Lippen. Beim nächsten Mal musste es gelingen, sonst war er für immer verloren. Als sie sich streckte und dabei notgedrungen ihr Körpergewicht auf das vordere Bein verlagerte, spürte sie, wie der Boden unter ihren Füßen nachgab, um sich dem Strudel hinzugeben.

Sie warf Hora einen letzten Blick zu, nicht erschrocken, eher erstaunt und versank in den Wassermassen.

Meister Wetgel hatte noch versucht, mit seinem Zauberstab die Fluten zu besänftigen, doch seine Bemühungen wirkten hilflos. Offensichtlich reichte die Macht von Aquilla nicht aus, um das Schlimmste zu verhindern.

Resigniert gab er auf.

Nachdem das Tor zur Welt der Menschen vollständig kollabiert war und sich der See wieder beruhigt hatte, entdeckten sie auf der Wasseroberfläche Visca, zwischen den kläglichen Resten des Blumengebindes. Ihr Diadem und den goldbestickten Gürtel fand man nahe der Stelle, an der sich die Pforte befunden hatte, auf dem Grund des Sees.

Ansonsten fand man nichts.

Victoria

Sie wurde am 20. Juni 1837, am Tag der
Thronbesteigung Königin Victorias von einem Fischer
zitternd und nur mit einem dünnen Kleid auf der nassen
Haut vor der schottischen Küste aus dem Meer gezogen
und weil sie nicht sprach und sich an nichts, noch nicht
einmal an ihren eigenen Namen erinnern konnte, und
nicht zuletzt auch wegen ihrer anmutigen Erscheinung,
nannten sie die Einwohner von Lossiemouth Victoria.

Nur das Kleid, das sie bei ihrer Rettung trug ließ einen
vagen Rückschluss auf ihre Herkunft zu. Es bestand
aus schlichter weißer Wolle. Diese war allerdings so
dünn gesponnen und so fein verarbeitet, wie es mit den
Webstühlen jener Zeit eigentlich nicht möglich war.
Wie von Elfenhand gefertigt glänzte es im Sonnenlicht.

Der Fischer, dessen Eheweib im vorherigen Winter an
einer Lungenentzündung verstorben war und die ihn
kinderlos zurückgelassen hatte, nahm Victoria zur
Frau. Er begegnete ihr stets zurückhaltend und mit
größtem Respekt, denn er glaubte fest daran, dass er an
jenem Tag vor der Küste eine Meerjungfrau aus dem
Wasser gezogen hatte. Und es gab viele Hinweise, die
ihn in dieser Annahme bestärkten. Ihre Verbundenheit
mit dem Wasser, ihre Art mit Tieren umzugehen oder
ihre heilerischen Fähigkeiten, um nur einige zu nennen.

Es dauerte zwei Jahre bis sie sprach. Mit ihrem ersten Wort: „Daaa!" brachte sie eine gesunde Tochter zur Welt.

Die Hebamme wusste später zu berichten, dass es nicht das erste Kind der geheimnisvollen blonden Frau war.

Regia

Wie alle anderen kannte auch Whistle die alten
Geschichten vom Herrscherstab.

Der Legende nach kniete Bridei, König der Pikten zum
Gebet in einem der magischen Steinkreise, als
überraschend ein Unwetter aufzog und ein Blitz
unmittelbar vor ihm einen der Monolithen spaltete.
Dem zerborstenen Steinquader entwand sich ein
dünnes Pflänzchen, das die um es herum tobenden
Naturgewalten geradezu in sich aufsog. Von Feuer und
Donner geadelt schien sich der kleine
Buchensprössling förmlich in den Himmel zu winden.

Tief beeindruckt von der Wirkung seiner Gebete, zog
Bridei sein Schwert und fällte die junge Buche mit
einem einzigen Hieb. Blitz und Donner verschwanden
darauf hin ebenso schnell, wie sie gekommen waren.
Die letzten Zeugnisse dieses merkwürdigen Vorfalls
waren ein zerborstener Felsen und glimmende,
rauchende Moorheide.

Bridei kürzte den Buchenknüppel auf ein handliches
Maß, schälte den Stecken mit dem Dolch und
betrachtete ihn eine Weile. So etwas hatte er noch nie
gesehen.

Als er gedankenverloren mit der Hand über die Windungen des Holzes strich, spürte er ein leichtes Beben und der Stock erwärmte sich merklich. Er ließ ihn zu Boden fallen und umschritt ihn skeptisch. Schließlich fasste er sich ein Herz und packte den Stab entschlossen an der Verdickung. Die Energie, die nun von dem Stecken auf ihn überging war überwältigend. Die schmerzenden Narben vergangener Schlachten, die ihm morgens das Aufstehen schwer machten und die er abends mit Met zu betäuben pflegte, damit er Schlaf fand, waren verschwunden. Er straffte den Rücken und erhob sich zu seiner vollen Größe.

Als er aus dem Steinkreis trat, warfen sich seine Begleiter vor ihm ins Gras. Während das mysteriöse Gewitter im inneren Kreis tobte, hatten sie es nicht gewagt, ihrem König zu Hilfe zu eilen und als er jetzt hoch aufgerichtet vor sie trat, schämten sie sich ihrer Feigheit.

Auch der Stab, den Brideis Hand fest umschloss, ängstigte sie. Von ihm ging eine Dominanz aus, der sie nichts entgegenzusetzen hatten.

Der Stab begleitete Bridei durch viele Schlachten und er kehrte immer siegreich heim. Wenn es einmal kritisch wurde, waren die Götter in Form von Feuer, Blitz und Donner auf Seiten der Pikten. Die Geschichten über Brideis Zauberstab, den man ehrfurchtsvoll Regia oder den Herrscherstab nannte, verbreiteten sich im ganzen Land und wurden, wie es Brauch war, mündlich weitergegeben. Weil sowohl die einfachen Bauern als auch der Adel bei der Ausschmückung der Erzählungen zur Übertreibung neigten, wurde einiges hinzuerfunden. König Bridei und sein Zauberstab hatten schnell den Nimbus der Unbesiegbarkeit und so kam es, dass er die Stämme des Nordens vereinte und die Pikten lange Zeit untereinander in Frieden lebten.

So lange, bis Regia seinen Herrn verließ. Doch das war eine andere Geschichte.

Die Flaschenpost

Auf dem Heimweg vom Strand überflogen einige Militärflugzeuge in niedriger Höhe den Strand am Ortsrand. Sie befanden sich im Landeanflug auf den nahegelegenen Flugplatz der Royal Air Force. Dort war auch Kheiras Vater stationiert. In seiner Funktion als Pilot war Major Kenneth Grand Mitglied eines aus vielen Ländern zusammengestellten Teams, das im Auftrag der NATO den Nordatlantik mit einem fliegenden Radarsystem nach allem absuchte, was da nicht hingehörte. Kenneth flog hierzu eine umgebaute Boeing 707-320, die so aussah, als hätte man einer Passagiermaschine einen riesigen Pilz auf den Rücken gepflanzt.

Kheira hielt regelmäßig Ausschau nach der Maschine, die ihr Vater flog. Sie wusste nicht, zu welchen Zeiten die Boeing in der Luft war, denn der Flugplan war „TOP SECRET". Aber wenn sie am Strand spielte und der Flieger im Landeanflug nur wenige hundert Fuß über sie hinweg glitt, legte Kheira die Hand an die Stirn. Das tat sie eigentlich um die Augen vor der Sonne zu schützen und besser sehen zu können, aber aus dem Cockpit sah es aus wie ein militärischer Gruß. Kenneth übersteuerte dann für einen kurzen Moment die Maschine zur Seite, damit es so aussah, als würde er mit der riesigen Tragfläche seiner Tochter zuwinken.

Die Kameraden an den Bildschirmen weiter hinten im Bauch des Vogels grinsten dann breit, denn sie wussten um das Ritual zwischen Vater und Tochter.

Heute hatte sie „FUNGUS", wie sie das Aufklärungsflugzeug scherzhaft nannte, offensichtlich verpasst und sie setzte ihren Weg fort. Sie traf zeitgleich mit ihrem Vater vor der Haustür ein. Ma war auch schon da und ihren Bruder Collin hörte man aus der Küche vor Freude quieken.

Nachdem sich die Familie begrüßt hatte, und der Fressnapf für den Hund gefüllt war, zog sich Kheira mit der Flaschenpost in ihr Zimmer zurück. An Hausaufgaben war jetzt nicht zu denken. Sie öffnete den Verschluss der Cola-Flasche und sah hinein. Der Durchmesser der Nachricht war größer als der des Flaschenhalses. Sie steckte einen Finger in die schmale Öffnung. Die zusammengerollte Nachricht bekam sie nicht zu fassen. Die rutschte immer wieder nach hinten weg. Also hielt sie die Flasche senkrecht, damit der Inhalt am Flaschenhals anlag. Jetzt konnte sie zwar den Finger an die Nachricht bringen, die sich wie Mum's Lederbluse anfühlte, allerdings passten Finger und Post nicht gemeinsam durch die Öffnung und so beschloss sie, ihre Eltern einzuweihen.

Kenneth rückte dem Problem und damit der Cola-Flasche sogleich mit einer Handwerkerschere zu Leibe.

Keine Minute später betrachteten die drei die zusammengeschnürte Nachricht mit dem Siegel, die vor ihnen auf dem Küchentisch lag.

Das Siegel bestand aus rotem Lack und hatte eine Prägung.

Sie untersuchten das Siegel, das beide Enden der Kordel fest zusammenhielt näher. Die Prägung zeigte einen Baum, in dessen Zentrum ein Hexagramm abgebildet war. Ein Zacken des Sechssterns fußte im Stamm, die übrigen fünf bildeten die Äste. „Welches Geheimnis sich darunter wohl verbergen mochte", dachte Kheira. Gedankenverloren führte sie ihren Zeigefinger über die Grundlinien des Hexagramms, als sich die Rolle unter ihren Händen entspannte.

Das Mädchen entrollte die Flaschenpost nun vollständig und die drei Grands blickten auf einen etwa fünfzig Zentimeter langen, handgeschriebenen Brief, der offensichtlich in gälischer Schrift verfasst war.

Wenn es überhaupt Papier war, dann war es kein gängiges Format. Das Material sah alt aus, ohne brüchig zu sein, das Schriftbild war unsauber, ohne dabei kindlich zu wirken und an einigen Stellen war der Brief unleserlich. Auch gab es gestrichene sowie verbesserte Passagen. Bei all dem Chaos hatte der Verfasser versucht die Anfangsbuchstaben einzelner

Absätze künstlerisch zu gestalten und mit Ornamenten zu verzieren. Im Museum hatte Kheira ein altes handgeschriebenes Buch aus dem frühen Mittelalter gesehen, in dem der erste Buchstabe jedes Kapitels in dieser Art gemalt war.

Am Ende hatte den Brief wahrscheinlich ein H'istle unterschrieben.

Die Flaschenpost war ein Widerspruch in sich und auch die Plastikflasche passte nicht zum Rest. Die Neugier der Grands war geweckt und man beschloss, nach dem Abendessen Grandma Elisabeth aufzusuchen, die das Gälische noch in Wort und Schrift beherrschte.

Sie aßen ohne viele Worte und ihre Blicke wechselten unruhig vom Teller hinüber zur Anrichte, wo der Brief und die zerschnittene Colaflasche lagen.

Kenneth war als erster vom Tisch aufgestanden und trug beides ins Arbeitszimmer, wo er den Brief mit Hilfe einer Lupe unter der Leselampe näher in Augenschein nahm. „Es scheint, als sei die Nachricht mit schwarzer Tinte geschrieben", rief er von nebenan durch die offene Tür. Kheira räumte indes den Tisch ab, während sich ihre Mutter um Collin kümmerte. „Die Schrift ist noch nicht ausgeblichen", referierte er weiter. „Das spricht dafür, dass die Flaschenpost nicht sehr lange unterwegs war" gab Mary zurück. „Ja, das denke ich auch. Aber das Papier - das ist kein Papier! Da sind Poren zu sehen. Das ist Tierhaut!"

Mary und Kheira wollten gleichzeitig durch die Tür ins Arbeitszimmer und weil Mary ihren Sohn auf dem Arm trug, war nicht genug Platz für alle und sie plusterten los. Bis sich der Stau am Eingang zum Arbeitszimmer aufgelöst hatte, war Kenneth bereits im Internet fündig geworden. „Pergament! Im Mittelalter hat man Pergament aus Tierhäuten hergestellt."

Die drei standen sich mit offenen Mündern gegenüber und sahen sich verdutzt an. Collin, der überzeugt war, dass das ganze Theater einzig zu seinem Vergnügen aufgeführt wurde, genoss die Situation sichtlich. Er zeigte sein schönstes Lächeln, von dem er wusste, dass er damit die übrigen Familienmitglieder problemlos um den kleinen Finger wickeln konnte.

„Das passt alles nicht zusammen", seufzte Mary. „Mal hören, was Grandma dazu sagt."

Elisabeth wollte es sich gerade mit einem Krimi und einem Glas Cragganmore in ihrem Lieblingssessel gemütlich machen, als die Grands an die Tür klopften. „Habt ihr was vergessen oder was verschafft mir die Ehre?" „Wir benötigen deine Hilfe, Ma." sagte Mary.

Elisabeth war hellwach.

Als sie von dem Manuskript aufsah, legte sie die Lesebrille zur Seite und die Stirn in Falten. „Das ist kein Gälisch, Kinder. Diese Schrift ist wahrscheinlich mit dem alten Gälisch verwandt. Das vermute ich deshalb, weil hier wie im Gälischen auch die Buchstaben j, k, q, v, w, x, y und z fehlen. Das Alt-Gälische Alphabet hat nur achtzehn Buchstaben, müsst ihr wissen. Einzelne Wörter kann ich möglicherweise übersetzen. Das hier zum Beispiel könnte „Stab" bedeuten und dieses hier steht wahrscheinlich für „Wasser". Aah, mit dieser Passage wird im Gälischen ein großer Verlust beschrieben. Das alles sind allerdings nur Fragmente, ihr Lieben. Den Text kann ich mit den paar Brocken nicht deuten."

Der Experte

Kenneth, der für den Rest der Woche zu einer
Fortbildung nach Edinburgh musste, hatte bereits im
Vorfeld mit Prof. Dr. P. Ripple einen Gesprächstermin
vereinbart. Professor Ripple war Inhaber des Lehrstuhls
für Historische Linguistik an der Universität Edinburgh
und als solcher auf die Goidelischen Sprachen
spezialisiert, zu denen neben dem Altirischen auch das
Schottisch-Gälische gehörte. Der Professor hatte am
Telefon noch sehr interessiert gewirkt, doch nun,
nachdem er das vor sich liegende Pergament eingehend
untersucht hatte, schien er zunehmend
geistesabwesend.

„Es handelt sich hierbei um ein Schriftstück neueren
Datums", begann er seine Ausführungen. „Das
Pergament als solches stellt zugegebenermaßen eine
Besonderheit dar, wenngleich ein entsprechender
Schriftgrund auch heute durchaus zu beschaffen sein
sollte." Er nahm die Lupe zu Hilfe. „Die schwarze
Tinte hat einen sehr hohen Anteil an Rußpartikeln und
wurde wahrscheinlich mit einem Federkiel
aufgetragen." Was die verwendete Schriftsprache
angeht, so handelt es sich im Wesentlichen um die
Altirische Sprache, allerdings sehr simpel strukturiert,
in etwa das Niveau meiner Erstsemester. Weiterhin
finden sich einige aus dem britannischen entlehnten

Begriffe, aber das ist nicht ungewöhnlich. Zum Inhalt kann ich in einer ersten Einschätzung nur sagen, dass es sich um die Mythologie des 5. oder 6. Jahrhunderts handelt, die wahrscheinlich am Rande der Artus Saga angesiedelt ist. Für eine Übersetzung müssten sie mir den Brief allerdings hierlassen."

Kenneth stimmte zu und man verabredete, dass das Pergament samt Übersetzung gegen eine geringe Spende für die geplante Erweiterung der Universitätsbibliothek am nächsten Tag im Sekretariat abgeholt werden könne.

Nachdem Kenneth gegangen war, wählte Ripple eine Telefonnummer in der Schweiz und klickte nervös die Miene seines teuren Kugelschreibers rein und raus, während er den nicht enden wollenden Freizeichenton kaum noch ertrug.

Endlich vernahm er am anderen Ende ein knappes „Ja". Der Angerufene sah die Telefonnummer seines Gesprächspartners im Display und wusste wer dran war.

„Der Herrscherstab ist wieder in der Welt und sucht einen neuen Herrn", presste Ripple ins Telefon und wischte sich anschließend mit einem Taschentuch den Schweiß von der Oberlippe.

„Woher wissen Sie das?" „Post von der verborgenen Insel." gab er zurück.

„Glaubwürdig?" „Ja, sie trägt das Siegel, von dem Cumulus in seinen Aufzeichnungen berichtet." antwortete Ripple.

„Senden Sie mir eine Kopie an meine E-Mail Adresse," forderte er den Professor auf.

„Geht in fünf Minuten raus."

„Gut."

„Was ist mit Ihrem Teil unserer Vereinbarung?" wollte Ripple wissen. „Nun mein lieber Percy, lassen Sie uns erst mal sehen, was Sie für mich haben", sagte Gilbert Lafayette und legte auf. Er ließ sich tief in den schweren Ledersessel sinken und atmete hörbar.

Endlich ein Hinweis.

Kenneth wurde am Folgetag von einer freundlichen Sekretärin ein Umschlag mit dem unversehrten Pergament als auch eine mehrseitige Übersetzung einschließlich einer wissenschaftlichen These des Professors zur möglichen Herkunft des Manuskriptes überreicht. Er bedankte sich höflich und steckte eine Fünfzig-Pfund-Note der Royal Bank of Scotland in den dafür vorgesehenen Spendenbehälter, bevor er sich verabschiedete und ging.

Sein Verdacht, dass die Übersetzung von Professor Ripple möglicherweise nicht hinreichend belastbar sein könnte, bestätigte sich, als er sah wie seine Schwiegermutter die Stirn in Falten legte und konzentriert vom Pergament zur Übersetzung und wieder zurück blickte.

Sie schüttelte den Kopf. „Nein, die Übersetzung entsprach nicht dem Ausgangstext", da war sie sich sicher. Ihre Kenntnisse reichten allemal aus um zu erkennen, dass in der Übersetzung ganze Passagen des Briefes fehlten, die offensichtlich durch belanglose Floskeln ersetzt worden waren. Außerdem spürte sie mit jeder Faser ihres Körpers, dass hier etwas nicht stimmte.

Ihr Misstrauen war geweckt.

„Ich habe da vielleicht noch eine Idee, wer uns weiterhelfen könnte. Wir sehen uns morgen früh."

Crazy Kitty

Cathrine O'Hara stammte aus einem kleinen nordirischen Dorf unweit von Belfast. Sie hatte ihre Heimat der Liebe wegen verlassen und war in die Schottischen Highlands gezogen.

Diese Liebe brachte ihr einen versoffenen Ehemann, sowie zwei missratene Söhne, die keinen „Drink" und keine Schlägerei ausließen.

Ihr Mann hielt es in keinem Job lange aus und war regelmäßig, allerdings ohne große Begeisterung, auf Arbeitssuche. So verbrachte er die Nachmittage im Wirtshaus, das ihn spätabends erst wieder ausspuckte. Dann kam er betrunken nach Hause, was im Lauf der Jahre schlimmer wurde. Arbeitslos und frustriert schimpfte er dann über die Ungerechtigkeiten des Lebens.

Als sie ihm einmal entgegnete, er solle sich nicht derart hängen lassen, rutschte ihm die Hand aus. Da ihm das offensichtlich etwas von dem Druck nahm, den er verspürte, schlug er Cathrine von da an regelmäßig.

Sie ließ es geschehen, bis sie es nicht mehr ertrug. Als er mal wieder besoffen neben ihr lag, stellte sie sich über ihn, ließ sich vorsichtig auf seine Brust sinken und fixierte seine Oberarme mit den Knien. Dann drückte sie ihm ein zerschlissenes Sofakissen aufs Gesicht.

Als er zu sich kam und realisierte, dass dies kein Traum war, sondern dass es um sein Leben ging, war es bereits zu spät.

Cathrine war überrascht, dass er nur zu so wenig Gegenwehr fähig war.

Als Todesursache stellte der Arzt bei ihrem Mann Herzversagen fest, womit er nicht falsch lag. Das war 1975, vor fast vierzig Jahren gewesen. Nachdem sie die beiden Schädlinge rausgeworfen hatte, nahm sie allen Mut zusammen und ihr Leben selbst in die Hand. Heute war sie über neunzig und musste immer noch arbeiten, weil die mickrige Rente nicht zum Leben reichte, aber das war ihr egal.

Sie war ihr eigener Herr und nur das zählte.

Über die Sommermonate hinweg hatte sie eine Anstellung im Highland Folk Museum in Newtonmore angenommen. Sie fühlte sich in den Grampain Mountains stets gut aufgehoben, weil hier im Zentrum Caledoniens kraftvolle Erdlinien aufeinander trafen. Im Freilichtmuseum war sie ein fester Bestandteil von Baile Gean einem Nachbau von sieben Blackhouses aus dem frühen 18. Jahrhundert.

Cathrine und ihre Kollegen trugen bei ihrer Arbeit zeitgenössische Kleidung und stellten das Leben der damaligen Dorfbewohner nach. Das Geld, das sie von Mai bis September damit verdiente, brachte sie gut durch den Winter. Sie war genügsam und in der kalten Jahreszeit versagten die gichtgeplagten Hände ohnehin häufig ihren Dienst.

Cathrine, von der man sagte, sie habe das zweite Gesicht wurde wegen ihres Aussehens und ihrer seltsamen Art hinter vorgehaltener Hand von allen nur Crazy Kitty genannt. Die Kollegen waren ihr gegenüber zurückhaltend, aber freundlich.

Was wollte sie mehr? Es ging ihr gut.

Einmal war sogar einer von der Zeitung dagewesen und hatte sie interviewt. Sie hatte bereitwillig Auskunft gegeben, über ihre Kindheit in Nordirland, wo sie in einer kleinen, sektenartig organisierten Gemeinde aufgewachsen war. Die Kinder waren dort nicht zur Schule gegangen, sondern von den Dorfältesten unterrichtet worden. Mit fünfzehn Jahren, als sie zu der Erkenntnis gekommen war, dass ihre Muttersprache in der übrigen Welt seit Jahrhunderten nicht mehr gesprochen wurde, war sie davongelaufen und hatte sich einer Schaustellertruppe angeschlossen.

All das hatte sie aus ihrem Leben erzählt und plötzlich kamen Leute, nur um sie zu sehen und mit ihr zu sprechen.

In ihrer Jugend hatten sie Visionen gequält, die meist völlig unerwartet über sie gekommen waren. Doch was sie früher als Belastung empfunden hatte, ließ sich in der historischen Rolle, in die sie nunmehr regelmäßig schlüpfte, vorzüglich kultivieren und ihre Fähigkeiten verhalfen ihr zu dem ein oder anderen ansehnlichen Trinkgeld.

Bereits früh am nächsten Morgen saßen Elisabeth, Mary und Kheira in Marys rotem Dienstflitzer. An dessen Heck prangte ein leuchtend gelber Aufkleber „Midwife on Tour".

In der Nacht hatte es geregnet, doch nun zeigte sich die Sonne am Himmel. Sie folgten der Hauptstraße A9 in südlicher Richtung durch eine für die Highlands typische Landschaft.

Die in nassem Grün glänzenden Hänge zu beiden Seiten der Strecke waren mit grauen Felsbrocken übersät. Dazwischen weideten Schafe die mageren Gräser ab. Die Rücken der Tiere hatte man farbig gekennzeichnet, um sie den einzelnen Eigentümern zuordnen zu können. Ein Schafbock hatte weiter oben Stellung bezogen. Von seinem Aussichtspunkt aus konnte er die Muttertiere und Lämmer, die im Auftrag von mindestens vier Farmern unterwegs waren im Blick behalten.

Es regnete viel in den schottischen Bergen und wenn Moose und Kräuter keine weitere Flüssigkeit mehr aufnehmen konnten, sammelte sich Tropfen um Tropfen in Rinnsalen um gemeinsam ihren Weg ins Tal anzutreten. Dabei nahm das Wasser die Farbe des moorigen Bodens mit sich. Durch ausgewaschene Kanäle schoss es bergab oder fiel über Felsvorsprünge in die Tiefe. In den Tälern vereinte sich das torfige Nass aus den Hängen zu bernsteinfarbenen Lachsbächen um schließlich den Geschmack der Highlands ins Meer zu tragen oder zuvor in einem der zahlreichen Seen eine Pause einzulegen.

Kheira nahm von all dem nichts wahr. Das mysteriöse Pergament mit dem geheimnisvollen Siegel beanspruchte ihre gesamte Aufmerksamkeit.

Nach einer dreiviertel Stunde verließen sie die A9 an der Ausfahrt Kingussie und gelangten schließlich über eine Nebenstraße nach Newtonmore. Dort, inmitten der Grampain Mountains befand sich das Highland Folk Museum.

Elisabeth, die in der Elgin Post den Artikel über Crazy Kitty gelesen hatte, hatte am Vortag kurzerhand im

Freilichtmuseum angerufen und sich nach Cathrine erkundigt.

Mary parkte den Wagen vor dem Eingang des Museums. Es war gerade mal halb zehn und auf dem Parkplatz standen nur wenige Autos. Sie lösten drei Eintrittskarten und folgten den Hinweisschildern zu Gaile Bean, einer rekonstruierten Siedlung um 1700, die sie über einen Fußweg, der durch ein Waldstück führte erreichten. In dem weitläufigen Areal waren zu dieser Zeit noch keine weiteren Besucher zu sehen. Eichhörnchen turnten munter in den Bäumen umher. Von den frühen Gästen, die auf leisen Sohlen das Wäldchen durchquerten ließen sie sich nicht stören.

Das Dorf bestand aus sieben fensterlosen Black Houses, deren strohbedeckte Dächer fast bis zum Boden reichten. Durch das Dach der hinteren Hütte presste sich der Rauch eines Feuers ins Freie.

Cathrine stand neben dem Eingang und blickte hinüber zum Waldrand, als die beiden Frauen und das Mädchen aus dem Wald traten. Sie ließ die drei nicht mehr aus den Augen, bis sie vor ihr standen.

Dann trat sie vor Elisabeth und streckte ihr die geöffneten Hände entgegen. Elisabeth ergriff die ausgestreckten Hände. Die alte Frau packte mit ihren rauen Fingern zu und schloss für einen Moment die

Augen. Dann neigte sie leicht den Kopf vor Elisabeth und sagte: „Sei gegrüßt hohe Frau."

Sie ergriff ebenfalls Marys Hände und verneigte sich auch vor ihr.

Als Cathrine vor Kheira stand und die Hände ausstreckte, verkrampfte sich das Mädchen. „Entspann dich Prinzessin." Die Alte zwinkerte Kheira zu und diese lächelte verlegen zurück. „Ich bin keine Prinzessin", brachte Kheira stockend heraus. „Doch, bist du. Du weißt es nur nicht. Frag deine Großmutter", sagte Cathrine und sah zu Elisabeth hinüber, die ihren Blick eisig erwiderte.

„Gut, versuchen wir was. Siehst du die drei Kolkraben dort drüben?" Auf dem unteren Ast einer Kiefer balgten sich drei große Rabenvögel lautstark um etwas Fressbares.

Cathrine stellte sich hinter Kheira und legte ihr die faltigen Hände auf die Schultern. „Sieh zu ihnen hinüber und dann sag ihnen, dass sie die Schnäbel halten sollen." Kheira sah ihre Mutter an. Die hob nur leicht die Schultern und nickte ihr schließlich zu. „Seid still!", befahl Kheira in Richtung der Raben. Die verstummten, blickten zu den Frauen hinüber und wippten nervös mit den Köpfen. „Konzentriere dich auf den mittleren Vogel und strecke den Arm aus." Kheira tat, wie ihr geheißen.

Der Rabe wurde ruhiger und ließ Kheira nicht mehr aus den Augen. Dann spürte das Mädchen, dass der Vogel mit allen Sinnen bei ihr war. „Ruf ihn zu dir", befahl Cathrine. „Komm her!", folgte das Mädchen der Anweisung. Der angesprochene Rabe senkte den Kopf, löste sich von der Kiefer und flog auf Kheira zu. Kurz bevor sich seine Krallen in den Unterarm des Mädchens bohren konnten, fuhr Elisabeth mit einem „Genug!", dazwischen und der Rabe fand sich benommen am Boden wieder.

Cathrine hatte nun die Bestätigung, dass zumindest Elisabeth eine Ahnung von ihren eigenen Fähigkeiten hatte.

Sie grinste breit.

Aus dem Inneren der Hütte drangen Stimmen und Arbeitsgeräusche nach draußen. Durch die niedrige geöffnete Tür, die in die Hütte führte und die in der Höhe nicht mehr als eineinhalb Meter maß, war nichts zu sehen, außer Dunkelheit. Fenster gab es nicht. Drinnen brannte offenbar ein Torffeuer. Da das strohgedeckte Dach über keinen Schornstein verfügte, zwängten sich die Rauchschwaden träge durch die Halme nach außen, bevor der Wind sie zu fassen bekam und zerzauste. Ab und an blies er Rauchfetzen vor das Blackhouse, wo die Frauen standen. Der phenolische Qualm brannte dann in den Lungen und die Augen begannen zu tränen. Mary hustete und hielt sich eine Hand vor den Mund.

Der Rauch umschmeichelte die alte Frau, die der Hütte am nächsten stand, als wolle er ihr seine Geheimnisse anvertrauen, doch Crazy Kitty verzog keine Miene.

Kheira vermutete, dass es im Inneren der Hütte, wo der Rauch nur langsam durch das Dach abzog unerträglich war und ihr wurde klar, dass dieses Szenario die Lebensbedingungen der meisten Highlander von damals sehr realistisch darstellte.

„Zeigt mir den Brief, wegen dem ihr hier seid", sagte die Alte.

Mit offenem Mund fingerte Kheira das Pergament aus ihrer Umhängetasche und reichte es Cathrine. „Claire von der Kasse hat mir gesagt, dass jemand angerufen hat, um einen alten Brief übersetzen zu lassen", stellte sie klar und entrollte das Pergament auf einer Holzbank neben dem Hauseingang.

Sie betrachtete zunächst das Siegel mit leuchtenden Augen, bevor sie sich dem Text widmete.

„Hier steht in einfachen Worten, dass beim Verschluss eines Durchgangs die Herrin vom See und der Herrscherstab im Sog der Pforte verschwunden sind und dass seitdem der Rat der Zwölf zerstritten ist, weil Meister Hora seinen angestammten Platz im Rat nicht mehr einnimmt. Hier steht weiter, dass Novala, die Tochter der Herrin seither dem Rat vorsteht und dass sie sich dort wegen ihrer Jugend ständiger Anfeindungen ausgesetzt sieht.

Der Verfasser ist Gehilfe von Meister Hora und treuer Freund der jungen Herrin Nala.

Weil sich in jüngster Zeit in seinen Stellnetzen immer wieder seltsame Gegenstände verfangen glaubt er, dass sich in der Nähe ein Spalt gebildet hat, der in die Welt der Menschen führt.

Er beschreibt die Herrin vom See als eine wunderschöne schlanke Frau von geradem Wuchs, deren langes blondes Haar bis weit über die Schultern reicht. Sie habe tiefblaue Augen, so blau wie das Wasser des heiligen Sees.

Der ebenfalls verschwundene Herrscherstab, der den Namen Regia trägt, sei der Mächtigste der Großen Fünf. Ihn ziert das Siegel von Avalon, das er zu diesem Zweck verwendet hat.

Auf der Spitze des Stabes thront Solaris, der Sonnenstein. Mit ihm konnte sein Herr die Nacht zum Tag machen oder Blitz und Donner über seine Feinde bringen.

Oberhalb der Windungen und somit im Zentrum des Zauberstabs ist das Symbol Avalons, ein Apfelbaum dessen Äste ein Hexagramm bilden im Holz verankert. Von dort bezieht Falkonia, der Falkenstein, der gebogen ist wie die Kralle eines Raubvogels, seine Kraft. Mit seiner Hilfe konnte Hora die Erde zum Erzittern bringen.

Zuletzt ist da noch Dragonis, der Drachenstein, der das
Feuer der Abendsonne in sich trägt.

Der Verfasser bittet um Hilfe bei der Suche nach den
Vermissten. Er hegt die Hoffnung, dass das federleichte
Zaubergefäß, das die Nachricht transportiert hat, auch
den Weg zurück nach Avalon findet."

Es wurde still. Kheira war der Welt entrückt.
Geistesabwesend flüsterte sie die Worte, die sie so
verzauberten: „Nala, Meister Hora, Avalon."

Die Alte sah auf. „Eine Nachricht aus einer anderen Welt, mit der ihr drei wie ich meine, eng verbunden seid. Kein Wunder, dass sie ihren Weg zu euch fand."

Elisabeth bat ihre Tochter und Ihre Enkelin vorzugehen und am Wagen auf sie zu warten. Als sie kurz nach den anderen ebenfalls ins Auto stieg, reichte sie das Pergament schweigend nach hinten zu Kheira.

Während der ersten halben Stunde der Rückfahrt sprach niemand. Jede der drei hing ihren eigenen Gedanken nach, bis Kheira das Schweigen brach. „Weshalb hat mich die alte Frau Prinzessin genannt?" Mary sah mit großen Augen in den Rückspiegel und hob die Schultern. Elisabeth räusperte sich, bevor sie sprach: „Kennst du das nicht, dass man kleine Mädchen manchmal Prinzessin nennt?" „Das weiß ich, aber ich bin kein kleines Mädchen mehr", gab Kheira zu bedenken. „Crazy Kitty ist eine sehr alte Frau", erwiderte Elisabeth. „Sieh es ihr nach."

Gegen die Erklärung war nichts einzuwenden. Dennoch war Kheira nicht überzeugt und bohrte weiter: „Und wie war das mit dem Raben?" „Vielleicht war der dressiert." gab Mary zurück. „Selbst wenn, ich war in seinen Gedanken und für einen Moment konnte ich durch seine Augen sehen und dabei sahen wir drei anders aus als sonst." Vorne im Wagen tauschten Elisabeth und Mary vielsagende Blicke, die Kheira nicht zu deuten wusste. Gekränkt setzte sie nach: „Und wie konnte Grandma den Vogel zu Boden schleudern, obwohl sie meterweit entfernt stand?"

Sie erhielt keine Antwort und der Rest der Fahrt verlief schweigend.

In Lossiemouth angekommen, fasste Elisabeth ihre Enkelin liebevoll bei den Schultern und sah ihr fest in die Augen „Wir werden reden Kleines, aber nicht jetzt. Jetzt muss ich erst mal mit deiner Mutter sprechen. Vertrau mir."

Damit war Kheira entlassen. Mit Tränen in den Augen lief sie nach oben in ihr Zimmer. Vom Fenster aus beobachtete sie, wie die beiden Frauen sich unterhielten und den Weg in Richtung Strand einschlugen.

Hadrianswall (372 n. Chr.)

Cumulus war Schreiberling des britannischen Heerführers Dulcitius. Dieser war als Dux Britanniarum Herzog von Britannien und somit oberster Heerführer über alle britannischen Provinzen.

Hoch oben an der Grenze zu Caledonien, dem heutigen Schottland, dort wo das Klima rauer wurde, schützte der Hadrianswall das römische Einflussgebiet gegen die piktischen Stämme aus dem Norden. Der Wall erstreckte sich über eine Länge von achtzig Meilen von der Nordsee im Osten bis an die Irische See im Westen. Er wurde von der XI. Legion gehalten, deren Soldaten fast ausnahmslos in Britannien rekrutiert wurden.

An diesem Tag ritten Dulcitius, Cumulus sowie eine kleine Einheit, bestehend aus einem Centurio mit zehn berittenen Legionären, zur Inspektion den Wall entlang.

Cumulus war ein sprachbegabter junger Mann, dem es nicht besonders schwer gefallen war, sich in wenigen Jahren die gälische Sprache anzueignen. Er liebte gutes Essen, guten Wein und gute Geschichten und er hatte begonnen, die Legenden der Pikten zu sammeln und niederzuschreiben.

Es war bereits um die Mittagsstunde, als sie den Wachturm erreichten, der den Verkehr auf der aus Caledonien kommenden Dere Street überwachte, bevor diese die Stanegate, eine Militär- und Handelsstraße von Carlisle nach Corbridge kreuzte.

Hier drängten sich die Menschen an der Nordseite des Tores um den Kontrollposten zu passieren. Es waren Bauern, Händler, Handwerker und auch viel schmutziges Gesinde darunter. Die meisten waren auf dem Weg zum Markt in Corstopidum.

Ganz vorne in der Schlange der Wartenden stand ein Mann auf seinen Stock gestützt. Er trug einen unauffälligen grauen Mantel und einen breitkrempigen Hut, den er tief in die Stirn gezogen hatte.

Cumulus erkannte den Stab sofort. Er entsprach ziemlich genau den Beschreibungen aus den Wirtshäusern, nur war über seinen Verbleib in den letzten fünfzig Jahren nichts bekannt. Sein massiger Körper schüttete Adrenalin aus, was seine ohnehin vom Wein gerötete Nase nur noch mehr zum Leuchten brachte. Er spürte, wie ihn ein anregender Schauer durchströmte. Wie beiläufig beugte er sich zu Dulcitius hinüber und flüsterte seinem Herrn etwas zu.

Nachdem er ein zustimmendes Nicken erhalten hatte, wandte er sich wieder der Kontrollstation zu und sprach den Reisenden an: „Hey, du da." Der Mann in der grauen Kutte reagierte nicht. Also noch mal, dachte er: „Hey, du da mit dem Herrscherstab." Der Angesprochenen hielt inne und schien in sich selbst zu ruhen.

Cumulus setzte nach: „Wie ist dein Name?"

„Wer will das wissen?" fragte der Mann gelassen.

„Der Dux Britanniarum," gab Cumulus zurück und wartete auf die übliche Wirkung, die der Titel seines Herrn beim gemeinen Volk hinterließ, doch die erhoffte Reaktion blieb aus.

„Mein Name ist Hora", sagte der Mann mit fester Stimme, straffte seinen Rücken und hob langsam den Kopf.

Ihnen stand ein Mann mittleren Alters gegenüber, dessen dunkelblonde Haare, die unter der Kapuze hervorlugten bereits leicht angegraut waren. Die Tätowierung, die sich fächerförmig von seiner Stirn entlang der rechten Schläfe bis zum Wangenknochen zog, wies ihn als Stammesführer oder Priester der Pikten aus. Er fixierte die Römer mit stechendem Blick aus tiefblauen Augen.

Die Pferde spürten als erste die atmosphärische Veränderung. Sie traten unruhig auf der Stelle, spitzten die Ohren und blähten die Nüstern. Die Nervosität der Tiere übertrug sich rasch auf die Reiter.

Der Centurio rutschte nervös im Sattel hin und her.

Für Dulcitius, der als römischer Feldherr gewohnt war, Legionen zu befehligen, war die herausfordernde Art des Fremden unbegreiflich. Er sah den Mann mit dem Stock belustigt an und gab dem Centurio mit einer lässigen Handbewegung zu verstehen, dass der Mann zu ergreifen sei.

Im Anschluss könne man in Ruhe ein paar Antworten aus dem unverschämten Kerl heraus prügeln.

Alle, die später zu den dann folgenden Ereignissen befragt wurden, machten abweichende Angaben. Deshalb beschränkte sich Cumulus darauf, die übereinstimmenden Schilderungen und seine persönlichen Eindrücke niederzuschreiben. Er datierte seine Aufzeichnungen auf den dritten Tag im Monat Mai des Jahres 1125 seit der Stadtgründung des alten Rom im Jahre 753 v. Chr. Vom Herrscherstab, den er wegen des hellen Holzes als „Regia Alba" bezeichnete, fertigte er eine Skizze, die er beifügte.

Folgendes hatte sich zugetragen:

Der Centurio wies zwei Berittene an, den Pikten in die Zange zu nehmen. Auch die beiden bewaffneten Soldaten vom Kontrollposten reagierten und ergriffen ihre Schwerter. Hora blieb unbeeindruckt stehen, während die Umstehenden ängstlich zurückwichen. Nachdem die beiden Reiter, die ihre Pferde nur mit Mühe unter Kontrolle brachten den Fremden umritten hatten, war für Hora der Rückweg aufs Piktengebiet versperrt. Zehn Schritte vor ihm saß Dulcitius auf seinem prächtigen Schimmel, daneben seine Eskorte sowie der übergewichtige Schreiber auf einem stämmigen Kaltblüter. Keine zwei Armlängen links von ihm befanden sich die Soldaten des Kontrollpostens und zu beiden Seiten der Wall, an dem die schweren Flügel des geöffneten Eichenholztores befestigt waren.

Die Situation schien ausweglos.

Hora hob den Stab, während seine Lippen stumme Worte formten. Sogleich begann die Luft zu vibrieren und der Boden um den Priester herum schien die Vibrationen aufzunehmen, zu verstärken und zum Wall hin, sowie nach vorne, auf britannisches Gebiet weiterzuleiten. Als die Torwache zupacken wollte, stieß er den Stab mit dem Ende auf den Boden vor seine Füße.

Dann brach die Hölle los.

Der Hadrianswall zerbarst auf einer Länge von einhundert Schritten zu beiden Seiten und stürzte mit einem infernalischen Getöse in sich zusammen. Kein Stein blieb auf dem anderen. Es war, als wollte die Erde alles um sie herum verschlingen. Pferde und Reiter wurden zu Boden geworfen. Soldaten flüchteten in Panik, nachdem sie ihre Waffen fallen gelassen hatten und wer gerade noch dachte, er hätte sich außer Gefahr gebracht, wurde von herabstürzenden Steinquadern begraben unter denen für viele der Tod wartete.

Danach war es still. Kein Laut war zu hören und selbst die Vögel schwiegen.

Cumulus öffnete die Augen und tastete nach seinem Knöchel, der mörderisch brannte. Wahrscheinlich war der gebrochen. Er richtete sich mühsam auf, klopfte sich den Staub aus der Toga und sah sich um.

Der Mann war verschwunden.

Mystique

Gilbert Lafayette war der berühmteste Illusionist der Gegenwart. Als er sich vor fünf Jahren aus dem Geschäft als Zauberkünstler zurückzog, hatte er alles erreicht, was in der Branche möglich war. Als Mystique verzauberte er zuletzt ein Millionenpublikum vor den Fernsehgeräten und das zur besten Sendezeit. Er hatte eine eigene Show in Las Vegas, wo Menschen bereitwillig bis zu 1000 US-Dollar für einen der vorderen Plätze bezahlten.

Mit Anfang fünfzig hatte er so viel Geld verdient, wie er in seinem restlichen Leben nicht mehr ausgeben konnte. Er besaß Immobilien in allen Metropolen dieser Welt und bewohnte eine Villa in den Schweizer Bergen, die auf der Anhöhe eines riesigen Grundstücks stand und einen Rundumblick bot. „Die Festung", wie er das fünfzig Hektar große Areal, das vollständig von einer hohen Steinmauer umgeben war nannte, bot ihm die Privatsphäre, die er zur Verfolgung seiner Ziele brauchte. Das gesamte Gelände war videoüberwacht und nachts sorgten die Hunde zusätzlich dafür, dass jeder, der die Mauer überwunden hatte, das augenblicklich bereute.

Hier in den Bergen fühlte sich Gilbert sicher. Die Festung bot alle Annehmlichkeiten für ein Leben in

Luxus und verfügte darüber hinaus über zusätzlich gesicherte Kellerräume.

In diesen Kammern hortete Gilbert seine Schätze.

In den vorderen Tresoren bewahrte er Gegenstände und Informationen auf, die für andere von großer Wichtigkeit waren und mit deren Hilfe er sich diese Menschen gefügig machen konnte. Mal waren es Geheimnisse, die nicht an die Öffentlichkeit gelangen sollten und deren Bekanntwerden die Betroffenen unbedingt zu verhindern suchten oder es handelte sich um Dinge, nach deren Besitz die Herzen der anderen strebten. Auf diesem Weg hatte er sich ein Netzwerk williger Informanten und Helfer aufgebaut.

Im Fall von Professor P. Ripple verfügte Gilbert über einen Piktenstein, aus dem 4. Jahrhundert, der nicht nur über umfangreiche bisher unentschlüsselte Symbole verfügte, sondern an dessen Rändern ein Zeitzeuge die lateinische Übersetzung einmeißeln ließ.

Den Stein hatte vor einigen Jahren ein Bagger beim Aushub eines Kellers im Schottischen Hochland ans Tageslicht befördert. Gilbert, der über ausgezeichnete Kontakte verfügte, konnte sich das Artefakt aneignen, bevor der Fund den Behörden bekannt wurde.

So war der Baggerfahrer nun Chef seiner eigenen
Firma für Aushubarbeiten und der Bauherr bewohnte
ein schuldenfreies Eigenheim mit einigen Extras.

Um an die Informationen zu gelangen, die der Stein
barg, war Professor Ripple bereit, so ziemlich alles zu
tun, was in seiner Macht stand. Der Fund war so
bedeutend wie die Entdeckung des Steins von Rosetta,
der 1799 während einer Ägypten-Expedition
Napoleons im Niltal gefunden worden war und mit
dessen Hilfe die Übersetzung der Hieroglyphen erst
möglich wurde. Forschung und Publikation würden
einen wissenschaftlichen Quantensprung ermöglichen,
was Ripple internationale Anerkennung in seinem
Fachbereich einbrächte und seinen Namen für alle Zeit
untrennbar mit der Entdeckung des Piktensteins
verbinden würde.

Der Ripple-Stein

Lafayette hatte ihm einen kurzen Blick darauf gewährt,
um sein Verlangen zu befeuern.

Spey Bay

Der Sonntag verlief ereignislos. Kheira zeigte sich beim Frühstück mürrisch, weil die beiden erwachsenen Frauen ihre Geheimnisse nicht mit ihr teilten. Sie aß wenig und machte nach dem Frühstück einen ausgedehnten Spaziergang mit Easy. Die frische Briese, die ihr entgegen wehte machte den Kopf frei und half ihr dabei ihre Gedanken zu ordnen und dafür war eine ganze Menge Wind nötig.

Weshalb hat mich die Alte ständig Prinzessin genannt?

Warum konnte ich durch die Augen des Raben sehen?

Wie hat Granny den Vogel zu Boden geschleudert ohne ihn zu berühren?

Weshalb ist es kein Wunder, dass die Flaschenpost gerade mich erreicht hat?

Was wissen Ma und Grandma, das sie vor mir verheimlichen?

Zum Sunday Lunch gab es Roastbeef, Erbsen mit Minze und Folienkartoffel. Normalerweise langte sie dabei ordentlich zu, weil Marys Roastbeef neben Elisabeths Scotch Haggis zu ihren absoluten

Leibgerichten gehörte. Doch heute hatte sie keinen rechten Hunger.

Ihre Mutter behandelte sie liebevoll, erwähnte die Geschehnisse vom Vortag jedoch mit keinem Wort. Easy, die spürte, dass Kheira heute nicht zum Spielen aufgelegt war, verzog sich auf die Hundedecke neben dem Kamin und Kheira ging nach dem Abwasch auf ihr Zimmer. Als Grund gab sie Kopfschmerzen an. Kheira legte sich aufs Bett, hielt das zusammengerollte Pergament in der Faust und starrte an die Zimmerdecke. Sie versuchte sich dieses Avalon vorzustellen. Ein Land mit grünen Wäldern, saftigen Wiesen und quirligen Bächen und die Bewohner der Insel waren allesamt Fabelwesen, wie in den Märchen, die sie als Kind so geliebt hatte. Nala, eine junge Prinzessin, die in Not ist. Hora, der freundliche alte Zauberer, der ohne seinen Stab den Lebensmut verloren hat und die Herrin vom See, eine gute Fee, mit Augen, so blau wie das Wasser.

Ach, wenn ich doch nur helfen könnte.

An der Zimmerdecke kämpften Licht und Schatten um die Vorherrschaft und Kheira fiel in einen unruhigen Schlaf.

Sie saß auf dem Pfosten eines Weidezauns und spürte, wie sich ihr Herzschlag beschleunigte, als ein alter

Traktor ein Stück weiter unten in den Feldweg einbog und auf sie zufuhr.

Dann hob sie ab, flog über die Wiese hinweg und gewann an Höhe. Von weitem war ein Fluss zu sehen, auf den sie nun zuhielt. Ob das Avalon war? Wenn ja, dann glich es sehr der schottischen Landschaft. Sie folgte dem Flusslauf. Ab und an entdeckte sie die Pagodendächer der Whisky Destillerien.

Nein, das war keine Märchenwelt, das war nicht Avalon.

Der Fluss wurde flacher und breiter. Am Horizont konnte sie die Mündung entdecken. Die Gegend kam ihr bekannt vor. Ein Fischreiher flog auf, kreuzte ihren Weg und beäugte sie argwöhnisch. Rechts neben der Flussmündung standen mehrere flache, mit Gras bewachsene Steinhäuser. Na klar, das waren die alten Kühlhäuser an der Mündung des River Spey. Vor zwei Jahren hatten sie einen Schulausflug dorthin unternommen.

Das war das Naturschutzgebiet an der Spey Bay.

Es klopfte und sie hörte die Stimme ihrer Mutter. Kheira geht's dir wieder besser? Ich habe heiße Milch mit Honig für dich." Als die Tür aufging war sie hellwach. Mary, die sah, dass ihre Tochter geschlafen hatte, stellte die Milch auf den Nachttisch, hauchte ihr einen Kuss auf die Stirn und verschwand auf leisen Sohlen wieder aus dem Zimmer.

Hatte sie geträumt oder war das wirklich geschehen? Sie konnte sich an alle Einzelheiten des Fluges erinnern. War sie selbst geflogen oder hatte sie wieder durch die Augen eines Vogels gesehen? Als sie sich zur Seite drehte, um nach der Milch zu greifen, sah sie die Feder neben dem Kopfkissen.

Der Rabe!

Wie war das möglich?

Ihren Eltern erzählte sie nichts.

Am nächsten Tag sagte sie ihrer Schulfreundin, sie werde abgeholt und nachdem der Schulbus nach Lossimouth abgefahren war, stieg sie mit anderen Schülern in den Bus nach Fochabers. Dort stiegen die meisten Kinder wieder aus, bevor die Fahrt weiterging. Die verbleibenden fünf Schüler, die bis zur Endstation an der Siedlung Spey Bay weiterfuhren waren untereinander offenbar gut bekannt. Sie tuschelten und schauten ab und an misstrauisch zu ihr herüber. Kheira, die sich in dieser Situation äußerst unwohl fühlte, zumal sie auch nicht über die erforderliche Schülerfahrkarte für diese Strecke verfügte, streckte den Rücken durch, hob den Kopf und stieg mit selbstbewusster Miene zusammen mit den anderen aus. Dann klemmte sie ihre Umhängetasche fest unter den Arm und stapfte in Richtung der Speymündung davon.

Als sie sich nach ein paar hundert Metern umsah, waren die anderen verschwunden.

Puh, das wäre geschafft. Sie streckte die Hand in ihre Tasche und umfasste das Pergament. Das Siegel fühlte sich heiß an. Den Souvenirshop und die steinernen Kühlhäuser ließ sie links liegen, setzte sich an der Flussmündung auf eine Holzbank und sah aufs Meer.

Plötzlich verließ sie der Mut. Was suchte sie hier? Was hatte sie sich dabei gedacht? Zu Hause wurde sie sicher schon vermisst. Weit draußen auf dem Meer konnte sie die Rückenflossen von Delfinen ausmachen. Doch die freundlichen Meeressäuger waren zu weit weg, um zu schätzen, wie viele Tiere es waren. Ihr Magen verkrampfte sich und sie fühlte sich hundeelend. Was tun? Mit zitternden Fingern fischte Kheira ihr Mobiltelefon aus der Tasche und wählte die Nummer ihrer Großmutter.

„Wo zum Teufel bleibst du, Kind? Collin und ich warten seit einer geschlagenen Stunde mit dem Mittagessen auf dich. Was, in den falschen Bus gestiegen?! An der Spey Bay? Du bleibst, wo du bist. Wir sind in fünfzehn Minuten da."

Als sich Kheira wenig später von der Bank erhob, hatte sie weiche Knie und ihre Stirn glühte. Sie steckte Handy und Flaschenpost zurück in die Tasche und zählte ihr Geld. Das sollte für ein Eis reichen. Vor dem Souvenirshop hatte sie eine Tafel mit Eiswerbung gesehen.

Wenig später trat Kheira von einem Klingelton begleitet durch die Tür und stand allein im Laden. Links neben der Kasse war die Eistruhe und zur Rechten befanden sich Regale mit allerhand Mitbringseln. Vorne war ein Durchgang in einen weiteren Verkaufsraum. Daneben standen zu beiden Seiten Spazier- und Wanderstöcke in Schirmständern und darüber hing er an der Wand.

Kheira blieb mit offenem Mund stehen und betrachtete ihn eingehend. Er war größer als sie ihn sich vorgestellt hatte. Man hatte ihn mit silbernen Beschlägen im Mauerwerk verankert und Kheira spürte, dass ihm ihre Anwesenheit ebenfalls nicht entgangen war. Sie nahm ein leises Summen wahr, das von ihm ausging.

„Komme gleich, sehen Sie sich nur in Ruhe um", rief es durch die offene Tür hinter der Kasse. Kheira konnte indes den Blick nicht vom Zauberstab abwenden. In seinem Zentrum befand sich das gleiche Symbol wie auf dem Siegel. Auch die Anordnung der Steine entsprach der Beschreibung. Es bestand kein Zweifel an seiner Echtheit.

Hatte sie das Pergament hierher geführt?

Möglich.

Wahrscheinlich.

Egal.

Jetzt war sie hier und musste eine Entscheidung treffen.

Hinter der Kasse erschien ein untersetzter Mann mit glänzender Stirn und fettigen Haaren. „Was kann ich für dich tun, mein Fräulein?" fragte er. „Den da", erwiderte Kheira mit trockenem Hals und wies auf den Herrscherstab. „Den kannst du nicht haben. Der ist unverkäuflich und selbst wenn er zum Verkauf stünde, würde dein Taschengeld wohl kaum ausreichen. Wie wäre es stattdessen mit einem Zauberstab aus unserem Harry Potter Sortiment? Ich kann dir auch einen Nimbus 2000 anbieten. Da im rechten Schirmständer steckt noch einer." „Nein, den da", erwiderte Kheira.

So selbstbewusst war sie gegenüber einem Erwachsenen noch nie aufgetreten.

Es schellte erneut an der Ladentür und mit einem lauten „Kia, Kia, Kia" kam ihr kleiner Bruder breit lächelnd auf sie zugetapst. Bevor er das Gleichgewicht endgültig verlor, schlang er seine Ärmchen um Kheiras Oberschenkel.

Elisabeth fixierte Regia über ihre Enkelkinder hinweg. Die Luft knisterte vor Spannung.

„Er will ihn nicht verkaufen", hörte sich Kheira sagen.

„Ich habe der jungen Dame bereits erklärt, dass es sich um ein Ausstellungsstück handelt, das nur zu Dekorationszwecken dort hängt", rechtfertigte sich der Ladenbesitzer. Dabei dachte er an den Tag, als der Stock einfach so an der Tür zu seiner kleinen Werkstatt angelehnt stand. Nachdem ein paar Wochen vergangen waren und auch in der Familie niemand Anspruch darauf erhoben hatte, befestigte er ihn im Souvenir Shop an der Wand. Seither verkauften sich Wanderstöcke und Zauberstäbe wie „geschnitten Brot". Das Ding war wirklich ein „Eye-Catcher".

Elisabeth, die nur wenige Schritte in den Laden hineingetreten war, wirkte bedrohlich. Ihr mit grauen Strähnen durchzogenes blondes Haar widersetzte sich der Schwerkraft. Möglicherweise lag das an der zunehmenden Energie, die den Raum erfüllte und die mittlerweile für alle Anwesenden spürbar war.

Sie streckte den rechten Arm in Richtung des Herrscherstabes aus und öffnete langsam die Hand. Ihre Stimme klang voll, dunkel und bedrohlich als sie sprach: „Dieser hier ist nicht für dich bestimmt."

Als der Stab über Kheiras Kopf begann, an seinen silbernen Fesseln zu rütteln, lenkte der Ladenbesitzer eilig ein. Diese Frau war ihm unheimlich. Nur der Teufel wusste, was für schräge Tricks die sonst noch drauf hatte.

Mit dem spontan festgesetzten Kaufpreis in Höhe von vierhundert Pfund wurde Elisabeths Kreditkarte belastet und Regia von seinen Fesseln befreit.

Als Elisabeth den Zauberstab zum ersten Mal selbst in die Hand nahm, schloss sie für einige Sekunden die Augen und atmete tief durch.

Erkenntnis

Als sie im Wagen saßen, sah Elisabeth ihre Enkelin eindringlich an. „Das hast du gut gemacht Kleines, aber du warst leichtsinnig. In Zukunft keine Alleingänge mehr. Haben wir uns verstanden?" „Ja", gab Kheira schmollend zurück. Sie fühlte sich immer noch ungerecht behandelt, schließlich hatte sie den Zauberstab ganz ohne Hilfe gefunden und ohne dass die Frauen ihre Geheimnisse mit ihr teilten. „Es wird Zeit, dass ihr was in den Magen bekommt", sagte Elisabeth, ließ den Motor ihres Morris Minor an, legte einen Gang ein und fuhr los.

Den silbergrauen Van, der ihnen mit etwas Abstand folgte, bemerkte sie nicht. Auch blieb ihr verborgen, dass Gilbert Lafayette keine Stunde später mit mehreren Bodyguards am Flugplatz Bern einen Privat-Jet bestieg und in nördlicher Richtung abhob.

Sie saßen sich am Küchentisch gegenüber nachdem sie gegessen und Collin zum Mittagsschlaf abgelegt hatten. Über den Tisch hinweg fassten sie sich bei den Händen und sahen sich tief in die Augen. „Wie hast du ihn gefunden?", wollte Elisabeth wissen. „Ich bin mir nicht sicher, vielleicht hat mich die Flaschenpost hingeführt. Das Siegel wurde plötzlich ganz heiß und als ich in dem Laden stand, habe ich gespürt, dass er auf mich reagiert hat." „So, er hat also auf dich reagiert", flocht Elisabeth ein, um weitere Informationen zu erhalten. „Ja, aber nachdem du rein kamst, war da noch viel mehr. Kannst du mir das erklären?" „Ich will's versuchen, aber teilweise kann auch ich nur Vermutungen anstellen", erwiderte Elisabeth.

„Also, Zauberstäbe findet man in Märchen und Legenden. In unserer Welt existieren echte Zauberstäbe meines Wissens nicht oder hast du zuvor schon mal einen gesehen?" „Nein, bis heute nicht", bestätigte Kheira. „Siehst du. Mal angenommen, die Flaschenpost ist echt und der Zauberstab hier gehört in die andere Welt, die darin beschrieben ist, dann drängt sich die Frage auf, ob wir beide und auch deine Mum eine Verbindung zu diesem Avalon haben." Kheira nickte zustimmend. Ja, das klang nachvollziehbar. Elisabeth fuhr fort: „Ich kann mich noch an meine Urgroßmutter erinnern. Sie war eine wundervolle Frau, steckte voller Geheimnisse und wurde steinalt. Ich bin mir heute noch sicher, dass sie mit den Tieren sprechen konnte. Alle im Ort nannten sie Victoria, aber das war nicht ihr richtiger Name." „Nein? Wie hieß sie denn?", wollte Kheira wissen. „Das weiß ich nicht, ich weiß nur, dass sie aus dem Meer kam und dass sie besondere Fähigkeiten hatte. Sie hatte heilende Hände und steckte voller Überraschungen für uns Kinder." „Also so wie du", warf Kheira ein. „Nein Kind, viel besser als ich.

Sie steckte voller Magie, echte Magie, verstehst du Kheira?"

„Granny, könnte sie von der Insel zu uns gekommen sein? „Möglich", Elisabeth wirkte nachdenklich. „Glaubst du, dass sie ihre Kräfte auf uns vererbt hat?", wollte Kheira wissen. „Kann sein, zumindest teilweise", flüsterte Elisabeth „Weißt du, wie der Zauberstab funktioniert?" fragte Kheira „Nein", antwortete Elisabeth „das weiß ich nicht. Alles, was ich bisher getan habe war rein intuitiv, aber ich vermute, dass der Zauberstab auch einen eigenen Willen hat. Die Frage ist, wie wir ihn dorthin zurück bringen, wo er hingehört, nach Avalon."

„Avalon", Kheira stellte sich den alten Zauberer vor, wie er mit gesenktem Haupt vor seiner Hütte saß und die Rückkehr seines Zauberstabes erwartete.

Sie war stolz, dass Grandma sie ins Vertrauen zog und ihr auf Augenhöhe begegnete. Diese Situation galt es zu nutzen. Daher setzt Kheira nach: „Am Samstag, als du mit Crazy Kitty alleine warst, über was habt ihr da gesprochen?" Elisabeth verdrehte in gespielter Theatralik die Augen und Kheira kicherte. „Naja, Mrs. O`Hara hat das zweite Gesicht. Weißt du, was das bedeutet"? „Nein, nicht genau", gab Kheira zu. „Also, sie sieht Dinge, die andere Menschen nicht sehen. Dinge, die bereits geschehen sind, Dinge, die gerade passieren und Dinge, die noch geschehen werden. Verstehst du, was das bedeutet?" „Ich denke ja. Kann man an den Dingen, die geschehen werden noch was ändern?" „Das ist eine sehr kluge Frage, mein Schatz. Die Antwort darauf muss ich dir leider schuldig bleiben. Ich weiß es nicht. Allerdings hat mich Mrs. O`Hara gewarnt, dass auch böse Mächte am Werk sind. Sie sagte, dass ich gut auf dich aufpassen soll. Deshalb war ich heute so besorgt, als du nicht pünktlich nach Hause kamst."

„Tut mir leid", Kheira schlug die Augen nieder, war aber noch nicht bereit, die Befragung ihrer Großmutter zu beenden. „Und weshalb nannte mich die Alte Prinzessin und dich Hohe Frau?" Elisabeth stöhnte hörbar auf, womit Kheira wusste, dass dies die letzte Antwort war, die sie in der Angelegenheit heute zu erwarten hatte. „Also, wenn meine Urgroßmutter von der Zauberinsel Avalon stammt, dann war sie möglicherweise diejenige, die vom Strudel erfasst und in die sich schließende Pforte gezogen wurde, so wie es in der Flaschenpost beschrieben ist. Vielleicht kam sie nicht in unserer Zeit an, sondern mehr als hundert Jahre vorher. Verstehst du, was ich meine?"

„Ja, die Herrin vom See war deine Urgroßmutter und Nala ist deine Großtante", platzte es aus Kheira heraus.

Elisabeth hatte Tränen in den Augen teils aus Verblüffung und teils aus Stolz auf ihre Enkeltochter. „Dann bin ich die Prinzessin vom See", ulkte Kheira, straffte den Rücken, hob Kinn und Augenbrauen an und setzte eine aristokratisch-hochnäsige Miene auf. Beide lachten gleichzeitig los und im Nebenzimmer machte sich Collin bemerkbar. Kheira kam um den Tisch herum, umarmte Elisabeth und gab ihr einen dicken Kuss auf die Wange. „Danke. Darf ich heute Nacht hier schlafen?" „Selbstverständlich, die Räumlichkeiten für eure Hoheit sind bereits hergerichtet."

Später kamen Mary und Kenneth vorbei um ihren Sohn abzuholen. Dann saßen alle gemeinsam am Küchentisch auf dem Regia lag. Fasziniert betrachteten sie den Stab, der von einem Ende des Tisches bis zum anderen reichte. Während Kheira die Geschehnisse des Tages zum Besten gab, zog Mary die Stirn in Falten, so wie es Elisabeth zu tun pflegte, wenn sie skeptisch war. Kenneth streckte seinen Arm aus um das gewundene Holz zu berühren. Als er die warnenden Blicke der Frauen sah, zog er seine Hand eilig zurück. "Und was sollen wir jetzt tun?", wollte er wissen.

Niemand außer Collin antwortete. Der brabbelte drauf los und damit die anderen verstanden, dass er hungrig war, steckte er sich gleich drei Finger in den Mund.

"Wir bringen ihn zurück zur Zauberinsel.", warf Kheira mit leuchtenden Augen ein. "Wie sollen wir das bewerkstelligen?" fragte Mary, der die Begeisterung, die ihre Tochter an den Tag legte zunehmend Sorge bereitete. "Wir können doch einfach auf die Flaschenpost antworten. Wenn wir das Siegel daran festmachen, findet sie bestimmt den Weg zurück nach Avalon."

"Kheira hat Recht.", sagte Elisabeth. "Die Flaschenpost wurde hier an den Strand gespült und der Hund hat sie ihr vor die Füße gelegt. Alles ohne unser Zutun. Dann hat irgendeine Kraft Kheira an die Spey Bay geführt, wo sie den Herrscherstab entdeckt hat. Was in den letzten Tagen passierte ist, ist nicht zufällig geschehen. Dennoch bin ich davon überzeugt, dass wir die weiteren Ereignisse durch unser Handeln beeinflussen können. Wir werden also morgen den Brief beantworten und dann warten wir ab. Mal sehen was geschieht."

Kheira strahlte über das ganze Gesicht. "Granny hat zugestimmt.", dachte sie und war voller Stolz, dass ihr Vorschlag angenommen worden war. "Hochmut kommt vor dem Fall." sagte Elisabeth, die in ihrer Enkelin wie in einem offenen Buch lesen konnte, mahnend.

Collin, der immer noch an seinen Fingern nuckelte
begann zu quengeln, weil niemand auf seine
Bedürfnisse einging.

"Der Kleine hat Hunger." Elisabeth nahm den
Zauberstab vom Tisch.

Damit war die Sitzung des Familienrates beendet.

Der Überfall

An diesem Abend lag Kheira noch lange wach. Sie dachte über die Ereignisse der letzten Tage nach und versuchte, alles in einen sinnvollen Zusammenhang zu bringen. Den Zauberstab hatte sie gefunden und dieser hatte Granny als Stabträgerin erwählt. Damit war ein wichtiger Schritt zur Rettung der Zauberinsel getan. Nun galt es, den Herrscherstab dorthin zurückzubringen. Doch jetzt kamen ihr Zweifel, ob ihr Plan funktionieren würde.

Dann war da noch der Rabe, mit dem sie seit der Begegnung mit Crazy Kitty in Verbindung stand. Sie hatte keine Ahnung, wie es dazu gekommen war. Es machte ihr keine Angst. Der Rabe schien vertraut. Vielleicht war er ein Freund. Sie hatte bei der näheren Betrachtung des Zauberstabs mehrere silberne Blättchen entdeckt, die zusammen mit schwarzen Federn an einem Lederband hingen und auf denen verschiedene Symbole eingraviert waren. Eines davon stellte einen Rabenvogel dar, da war sich Kheira sicher. Ein anderes hatte die Form eines Blitzes, der an der Spitze einen Schlangenkopf besaß. Sein Ende zierten die Äste eines jungen Baumes.

79

Es war bereits nach Mitternacht, als sie endlich in einen unruhigen Schlaf fiel.

Plötzlich umfassten sie wie aus dem Nichts starke Arme und rissen sie aus dem Bett. Sie hatte panische Angst und war völlig desorientiert. Jemand, den sie nicht sehen konnte trug sie vor sich her, wobei sich eine schwere Hand auf ihren Mund presste. Dann rutschte der Zeigefinger der Hand etwas höher und verschloss ihre Nasenlöcher. Sie drohte zu ersticken. Die Pyjamahose fühlte sich feucht an. Zunächst zwischen den Beinen, dann auch an den Oberschenkeln. Der Daumen der Hand presste außerdem das rechte Auge zu, so dass Kheira mit dem verbleibenden linken Auge versuchte etwas von ihrer Umgebung wahrzunehmen. Sie konnte zwei schemenhafte Gestalten erkennen, die sich geschmeidig durch Grandmas Treppenhaus bewegten.

Kheira versuchte den Mund zu öffnen, um zu schreien, was ihr jedoch nicht gelang.

Offenbar war ihr Kiefermuskel stark genug gewesen, um den Zeigefinger der Hand ein wenig nach unten zu ziehen. Das verschaffte ihr einen Atemzug, den sie gierig in die brennende Lunge sog. Dann öffnete sich die Küchentür und der Mann, der Kheira vor sich hertrug trat ein. Als er bemerkte, dass der Urin, der von Kheiras nackten Füßen tropfte, die Hose seines schwarzen Maßanzuges durchnässte, stellte er das Mädchen vor sich auf die kalten Küchenfliesen. Der Griff, mit dem er das Kind umfasste, lockerte sich dabei nicht. Wenigstens bekam Kheira wieder Luft und auch das zweite Auge war nun frei.

Außer dem für sie Unsichtbaren, der hinter ihr stand, hielt sich ein weiterer Mann in der Küche auf. Er hatte sich halb in den dunklen Flur zurückgezogen, so dass die Küchenlampe ihn nur bis zur Brust ausleuchtete. An der linken Hand trug er einen runden Siegelring. Zusammen mit den beiden, die sie im Treppenhaus gesehen hatte, waren also mindestens vier Männer ins Haus ihrer Großmutter eingedrungen. Hierfür konnte es nur einen Grund geben.

Die Männer wollten den Herrscherstab.

Elisabeths Gefühl, dass etwas nicht stimmte bestätigte sich, als sich die Tür zu ihrem Schlafzimmer langsam öffnete. Der Raum war zur Straße gelegen und von der Straßenbeleuchtung drang ein wenig Licht durch den Vorhang am Fenster. Die beiden Männer näherten sich leise dem Bett und packten blitzschnell zu, doch außer Bettdecke und Kopfkissen bekamen sie nichts zu fassen. Der eine zischte wütend und sein Begleiter bewegte sich zur Tür, wo er den Lichtschalter vermutete.

81

Bevor er den Schalter erreicht hatte, vernahm er ein bedrohliches Grollen aus der linken Zimmerecke. Es ähnelte dem Donnergrollen eines entfernten Gewitters, das sich rasch näherte. Die beiden Männer griffen in die Innentaschen ihrer Jacketts und als ihre Hände wieder zum Vorschein kamen, hielten sie darin jeweils eine Pistole. Allerdings gab es nichts, auf das sie hätten anlegen können. Also was tun, wenn sich eine unsichtbare Gefahr aus der Zimmerecke näherte und Schießen definitiv nicht zum Auftrag gehörte.

Als die Vibrationen, die der alte Dielenboden übermittelte denen von schweren Baumaschinen immer ähnlicher wurde, wichen die Eindringlinge mit gezückten Waffen zurück, zunächst aus dem Schlafzimmer in den Flur, von dort, sich rückwärts tastend, die Treppe hinunter bis in die erleuchtete Küche, wo der Küchentisch ihren Rückzug stoppte.

Am Treppenaufgang erschien Elisabeth im Nachthemd, barfuß und mit offenem Haar. In der Hand hielt sie Regia. Die Augen des Mannes im Halbdunkel weiteten sich. Er war seinem Ziel ganz nah. Jetzt galt es, keine Fehler zu machen. Die weitere Vorgehensweise war entscheidend. Er wollte sich den Zauberstab von der alten Hexe übergeben lassen, damit die Macht des Stabes auf ihn überging.

Um die Alte unter Druck zu setzen, brauchte er nur ein Zeichen zu geben und die breiten Hände von Antoine legten sich um den Hals des Mädchens.

„Guten Abend, Madame, bitte entschuldigen Sie den späten Besuch und die Art und Weise unseres Eindringens. Leider ließen die Umstände keine weitere Verzögerung zu. Sie wissen weshalb wir hier sind?"

„Du willst den Stab", erklang erstmals Elisabeths drohende Stimme. „Ja und ich will, dass sie mir den Zauberstab freiwillig aushändigen." „Weshalb sollte ich das tun, statt Sie und Ihre Leute mit Blitz und Donner zu überziehen?" Gilbert Lafayette sah zu seinem Bodyguard hinüber Er nickte leicht und sogleich glitten dessen Finger über Kheiras Hals und positionierten sich unter ihrem Kehlkopf. Kheira versuchte zu schlucken, doch es gelang ihr nicht. Elisabeths besorgter Blick wanderte zu ihrer Enkelin hinüber. Die Vibrationen und das dumpfe Grollen verschwanden und Elisabeth schien mitsamt Regia ein Stück kleiner zu werden. „Sie lassen das Kind gehen und ich gebe Ihnen den Stab."

„Zug um Zug", versprach Gilbert gönnerhaft und im Bewusstsein ihrer Überzahl. Er nickte zu Antoine hinüber, der daraufhin die Hände vom Hals des Mädchens nahm. „Nun der Stab, Gnädigste." „Sie lassen sie gehen", sagte Elisabeth mit fester Stimme.

„Wie Sie wünschen", erwiderte Gilbert. Das linkische Grinsen, das seine Mundwinkel umgab, sah Elisabeth nicht, da sein Gesicht weiterhin im Dunkeln lag. Die kleine Kröte würde nicht weit kommen.

„Ok, du kannst gehen, Kleine."

Kheira sah unsicher zu ihrer Großmutter hinüber. „Lauf nach Hause Kheira, schnell." Das Mädchen zögerte nur einen kurzen Moment unsicher, ob sie ihre Oma in dieser Situation alleine den vier Einbrechern überlassen sollte.

Dann handelte sie blitzschnell, war mit einem Satz am Küchentisch, zog ihre Umhängetasche von der Rückenlehne des Stuhls und war wieselflink an dem verdutzten Gilbert vorbei in Richtung Haustür geglitten. Dem entwich ein „Merde", als hinter ihm die Tür ins Schloss fiel.

Auf die Kleine kam es nicht an.

Er hatte vorgesorgt.

Die Flucht

Kheira rannte so schnell sie konnte durch die menschenleeren Gassen von Lossiemouth. Ihre nackten Füße, denen das grobe Kopfsteinpflaster schon einige Blessuren zugefügt hatte, spürte sie dabei nicht. An der Ecke zur Middlestreet, in der die Familie Grand ein Reihenhaus bewohnte, blieb sie außer Atem stehen. Ihr Blick glitt die Häuserfront entlang bis zu dem Haus mit der Nummer 12.

Dort schien alles ruhig zu sein.

Als sie sich schon von der Hauswand lösen wollte, um weiter zu laufen, sah sie zwei glühende Punkte auf der dem Haus gegenüber liegenden Straßenseite. Dort stand ein dunkler Lieferwagen, der da nicht hingehörte. Sie kannte alle Autos der Nachbarn, von denen niemand einen Lieferwagen besaß. Die Zigarettenglut beleuchtete die Gesichter der beiden Männer im Fond des Wagens nur spärlich, doch Kheira hatte genug gesehen, um zu wissen, dass ihr Elternhaus ebenfalls von der Bande überwacht wurde.

Wohin nun?

Verzweiflung und Kälte breiteten sich in ihr aus und nachdem ihr Körper das Adrenalin, das ihr die schnelle

Flucht erst ermöglichte, abgebaut hatte, begann Kheira am ganzen Leib zu schlottern.

Wohin bloß?

Die Gedanken waren plötzlich träge und schwer. Ihre geschundenen Füße brannten wie Feuer. Tränen schossen ihr in die Augen und sie konnte nur noch verschwommen sehen. Das schwache Licht der Straßenlaterne zog sich in Fäden durch ihr Blickfeld.

Kheira war am Ende. Sollte sie aufgeben?

Das kleine Segelboot lag an der Mole. Es war ganz aus Holz gearbeitet und verfügte neben einem klappbaren Mast auch über Halterungen zur Aufnahme von Rudern sowie einem kleinen Außenbordmotor für den Notfall. Es lag still auf dem ruhigen Wasser. Ihr Großvater hatte das Boot gebaut, um die Familie mit frischem Fisch zu versorgen. Heute fuhr ihr Vater manchmal damit zum Angeln aufs Meer hinaus. Das Boot war mit einer schweren Gummiplane versehen, die den offenen Innenraum vor Regenwasser schützte. Breite Druckknöpfe hielten die Plane an ihrem Platz. Kheira brach sich mehrere Fingernägel ab, bevor es ihr gelang genug Druckknöpfe zu lösen, um in das Boot zu schlüpfen. Von den Bootsplanken bis zur Plane hatte sie gerade noch einen halben Meter Platz. Daher kauerte sich Kheira mit dem Rücken an das grobe

Segeltuch, das zwischen dem abgeklappten Mast und dem Baum gerafft war. Dann zog sie ihre aus Leinen gefertigte Umhängetasche an die Brust.

Das Zittern wollte einfach nicht aufhören.

Was war passiert? Fremde Männer waren in Grannys Haus eingedrungen, um den Zauberstab zu stehlen. Nachdem sie weggelaufen war, stand ihre Großmutter der Bande alleine gegenüber. Sie konnte nicht zurück und der Weg nach Hause war ihr ebenfalls versperrt.

Was also tun? Die Polizeiwache im Ort war nachts nicht besetzt und zu den Nachbarn konnte sie auch nicht, weil der Lieferwagen mit den Verbrechern sicher noch in der Middlestreet stand.

Langsam wurde ihr wärmer. Ihre Muskeln entspannten sich ein wenig und die stechenden Schmerzen an den Füßen, die sie in eine Falte des Segeltuchs geschoben hatte, waren einem leichten Brennen gewichen. Es war ihre Tasche, die sie wärmte. Kheira griff hinein. Wieder war es das Siegel, das zu glühen schien, wie bereits an der Spey Bay, wo sie den Zauberstab entdeckt hatte. Was war es diesmal? War Regia wieder in der Nähe oder wies ihr die Flaschenpost den Weg zur Zauberinsel? Kheira setzte alles auf eine Karte. Was hatte sie noch zu verlieren? Sie brauchte Hilfe und das so schnell wie möglich. Als ihr Entschluss feststand, lugte sie unter der Abdeckplane hervor, prüfte, ob die Luft rein war, kletterte auf den Steg, löste die Taue und schlüpfte zurück in den schützenden Bootskörper.

Sollte das Schicksal entscheiden.

Langsam löste sich das kleine Boot vom Steg. Es trieb gemütlich an der Mündung des Lossie vorbei, in nördliche Richtung hinaus aufs Meer. Kheira hielt ihre Tasche, die weiterhin eine wohlige Wärme abgab, fest umschlungen. Je weiter sie sich vom Ufer entfernte, desto stärker zog das Siegel an der Tasche, die Tasche an dem Kind, das Kind am Mast, an dem es sich festhielt und damit das gesamte Boot zu einer Stelle hin, die nicht viel weiter als eine Meile vor der Küste lag.

Dann plötzlich ein heftiger Ruck, als wären sie auf eine Sandbank aufgelaufen und das Boot bewegte sich nicht mehr. Auch das gleichmäßige Schaukeln, das die Wellen bis eben noch verursacht hatten, war weg. Kheira legte sich den Trageriemen ihrer Umhängetasche um die Schulter, weil ihr die Arme bereits weh taten. So war es leichter, sich gegen den Zug des Siegels zu stemmen. Dann kroch sie zu der Stelle, an der sie die Abdeckplane ein Stück weit gelöst hatte und steckte den Kopf hinaus, um die Lage zu erkunden.

Es war finstere Nacht. Wie spät es war, vermochte sie nicht zu sagen. Ihre Armbanduhr lag in Grannys Gästezimmer auf dem Nachttisch. Bei dem Gedanken an die vergangenen Stunden überkam sie ein eiskalter Schauer, wobei sich ihre Nackenhaare aufrichteten. Sie rief sich zur Ordnung. Jetzt war keine Zeit, um ängstlich zu sein. Sie hatte eine Entscheidung getroffen und nun galt es nachzusehen, wo das Boot gestrandet war.

Also schob sie die Plane nach hinten und richtete sich auf. Das Holzboot war ein ganzes Stück vom Ufer entfernt, denn die Lichter von Lossiemouth waren gerade noch zu erkennen. Um das Boot herum war Wasser. In sanften Wellen rollte es gegen die Bootswand, ohne dass sich der Kahn auch nur einen Millimeter bewegte. War sie auf einem Wal gestrandet? Solche Geschichten erzählten die alten Fischer, doch das war Seemannsgarn. Sie musste den Dingen auf den Grund gehen. Also lehnte sie sich ein Stück weit über die Bordwand, um zu sehen oder besser zu fühlen, was sich unter dem Boot befand und was der Grund für den unerwarteten Stopp war.

Das Letzte, was Kheira sah, bevor sie von ihrer Tasche unter Wasser gezogen wurde, war ein silbernes Licht aus der Tiefe. Auf dem Weg zum Meeresgrund versuchte sie, sich von der Umhängetasche zu befreien, doch es gelang ihr nicht. Ein Blick zurück zur Oberfläche zeigte, dass der Kiel des Bootes frei war.

Kheira hielt so lang die Luft an, wie sie konnte, doch der Weg bis zum Licht war weit, vielleicht zu weit. Unendlich langsam kam die Lichtquelle näher. Sie atmete aus um schneller zu sinken. Die Ohren schmerzten, als wolle das Trommelfell reißen und nur mit Mühe gelang ihr der Druckausgleich aus der fast leeren Lunge. Ihr Brustkorb schien in einer eisernen Umklammerung gefangen.

Sie spürte, dass sie es nicht schaffen würde.

Als die Schmerzen unerträglich wurden, riss Kheira den Mund auf und sog das salzige Wasser in ihre Lunge.

Die Beute

Auf diesen Moment hatte er sein halbes Leben gewartet. Nun, da ihn nur noch ein Wimpernschlag von der Erfüllung seines großen Traumes, echte magische Fähigkeiten zu besitzen, trennte, durfte nichts mehr dem Zufall überlassen werden. Für ihn war es wichtig, dass ihm die Frau den Zauberstab persönlich übergab, andernfalls funktionierte der möglicherweise nicht oder war zumindest für ihn verloren. Das durfte nicht geschehen. Also trat er einen Schritt vor und stand damit im Licht der Küchenlampe. „Wenn ich dann bitten dürfte, Gnädigste."

Er streckte den rechten Arm aus.

Elisabeth stand ruhig da und sah ihrem Gegenüber in die Augen. Sie wog ihre Optionen ab. Wenn sie den Stab übergab, war sie wehrlos. Mit dem Zauberstab konnte sie die vier Männer möglicherweise in Schach halte. Dabei hatte sie keinerlei Erfahrungen im Umgang mit dem Herrscherstab. Bei seinem Einsatz konnte einiges schiefgehen und schlimmstenfalls stürzte das Haus über ihr und den Eindringlingen ein. Ob Kheira in Sicherheit war, konnte sie nicht wissen, deshalb galt es vorsichtig zu agieren.

Gilbert Lafayette alias Mystique erahnte die Gedanken von Elisabeth. „Hatte ich erwähnt, dass ich in der Middlestreet vor dem Haus mit der Nummer 12 ebenfalls ein Einsatzteam positioniert habe?", fragte Gilbert leise.

Die unverhohlene Drohung, dem Mädchen etwas anzutun, wenn sie nicht kooperierte, entging Elisabeth nicht und so fügte sie sich in das Unvermeidliche.

Sie trat vor und hielt Gilbert den Zauberstab hin.

Gierig griff der zu. Seine Augen leuchteten und sein Atem beschleunigte sich merklich. Die Erregung, die er empfand war offensichtlich. Während er versuchte, sich auf den Zauberstab zu konzentrieren, traten zwei seiner Männer links und rechts neben Elisabeth. Antoine positionierte sich am Durchgang zum Flur.

Gilbert schloss die Augen.

Er spürte etwas, etwas sehr Mächtiges, das in dem alten Holz verborgen war. Er konnte es genau fühlen, doch es war ihm nicht zugänglich. Mit aller ihm zur Verfügung stehenden Energie bündelte er seine Gedanken und richtete sie auf den Herrscherstab, um dessen Blockade zu überwinden. Er musste sich schließlich als würdig erweisen, um den Stab zu beherrschen. Auf Stirn und Nasenrücken bildeten sich erste Schweißtröpfchen. Die Adern an den Schläfen traten deutlich hervor. Man sah Gilbert die Anspannung an. Dann spürte er, dass sich etwas veränderte.

Gab der Stab seinen Bemühungen nach?

An den Windungen, wo seine Hand zufasste, erwärmte sich das Holz und an der Spitze des Stabes begann Solaris zu leuchten. Gilbert nahm all dies wie durch einen Nebelschleier wahr. Von oben wand sich eine Schlange den Stab hinab. Ein Stück oberhalb seiner rechten Hand hielt sie inne.

Das zuvor silberne Reptil, welches den oberen Teil des Zauberstabs zierte, schien lebendig zu sein. Es hob den Kopf und blickte ihn an.

Dann biss die Schlange zu.

94

Zwischen Gilberts Daumen und Zeigefinger zeigten sich zwei kleine rote Punkte. Als Gilbert realisierte, was geschehen war, fühlten sich seine Hand und sein Unterarm bereits taub an. Die Gefühllosigkeit breitete sich schnell weiter aus. War zunächst nur der Arm betroffen, so spürte er nach weiteren Sekunden, die für ihn unendlich langsam vergingen, auch seine rechte Körperhälfte nicht mehr. Gilbert öffnete den Mund, um etwas zu sagen, doch das Gift hatte bereits sein Sprachzentrum erreicht und so konnte er seine Zunge, die wie ein zappelnder Fisch in einem ausgetrockneten Flussbett hin und her sprang, nicht mehr kontrollieren.

Die letzten Worte des berühmten Magiers waren nicht mehr als ein unverständliches Lallen.

Das Gift vollendete seine Arbeit in weniger als einer Minute. Die beiden Muskelberge, die neben Elisabeth standen lösten sich von ihr und fingen ihren Arbeitgeber auf, als dieser nach vorne kippte. Dabei vermieden sie jeden Kontakt mit dem Teufelsding, das ihren Chef gebissen hatte. Der Stab entglitt Gilberts schlaffer Hand und landete vor Elisabeths Füßen.

Das Blatt hatte sich gewendet.

Die Zauberinsel

Hora und Nala saßen vor der Hütte. Der Alte hatte sich eine Pfeife gestopft und schmauchte nachdenklich vor sich hin, während die junge Herrin vom See einen Becher mit duftendem Apfeltee in beiden Händen hielt.

Der alte Zauberer war erregt. „Was hat er sich dabei gedacht der närrische Kobold. Schickt heimlich eine Nachricht in die Welt der Menschen und verschließt sie mit dem Avalonissiegel. Hätte er uns erzählt, dass sich bei seinen Stellnetzen ein weiterer Durchgang befindet, dann hätten wir reagieren können. Jetzt liegt in der Dachkammer ein Mädchen, das fast ertrunken wäre und von dem wir nicht wissen, wo es hingehört", schimpfte Hora.

„Hast du den Raben gesehen, der die Hütte beobachtet seit das Mädchen hier ist? Als ich heute früh aus der Tür trat, saß er oben am Fenster und sah nach drinnen. Möglicherweise ist er auf das Mädchen geprägt", erwiderte Nala.

„Ich kenne den Raben", sagte Hora. „Früher kam er öfters hierher. Sein Name ist Hugin. Die alten Götter und Könige nutzten die Weisheit, Intelligenz und Flugfähigkeit der Raben für ihre Zwecke. Hugin „Der Gedanke" und sein Bruder Munin „Die Erinnerung" gehören zu Odin, dem Hauptgott der Nordmänner. Sie durchstreifen die Welten für ihren Herrn und berichten ihm täglich, was dort vor sich geht. Odin, der weiter im Süden auch Wodan oder Wotan genannt wird, trägt nicht von ungefähr den Beinamen Harfnàss, was soviel bedeutet wie Rabengott."

Beide wussten was es zu bedeuten hätte, wenn Nalas Vermutung zuträfe. Doch für Spekulationen war es noch zu früh. Zunächst musste die Kleine wieder zu sich kommen. Nach dem Einsatz von Visca befand sich das Mädchen auf dem Weg der Besserung. „So ein Heilerstab wirkt Wunder", dachte Nala. „Ich werde Whistle am Krankenlager ablösen, dann kann er sich ums Abendessen kümmern. Sei bitte nicht so streng mit ihm. Er hat es nur gut gemeint, auch wenn er mal wieder übers Ziel hinausgeschossen ist." Mit diesen Worten ließ sie Hora zurück und verschwand in der Holzhütte.

Kheira öffnete langsam die Augen und schloss sie sogleich wieder. Das grelle Licht war unerträglich, außerdem hatte sie höllische Kopfschmerzen. Als sich nach einigen Minuten eine gewisse Gewöhnung eingestellt hatte, startete sie einen zweiten Versuch. Wieder war es das Licht, das ihr die Netzhaut zu versengen schien. Doch dann bewegte sich inmitten der Helligkeit ein dunkler Fleck, zunächst nur verschwommen, doch dann schälten sich mit zunehmender Deutlichkeit die Konturen einer klapperdürren, hässlichen Gestalt mit spitzer Nase und großen Ohren aus dem gleißenden Licht.

Sie erschrak und schloss die Augen erneut. So hatte sie sich die Hölle nicht vorgestellt. Auch fehlten der typische Geruch von Feuer und Schwefel sowie die Schreie der vom Teufel und seinen Schergen gequälten Kreaturen, so wie es häufig illustriert und beschrieben wurde. Hier lagen Vogelgezwitscher statt Schreie und Blütenduft statt Schwefel in der Luft.

„Bist du sicher, dass sie die Augen geöffnet hatte?", hörte sie eine sanfte Frauenstimme. „Türlich, türlich, ganz fest sicher", kam die quäkende Antwort. Dann tauchte hinter dem seltsamsten Wesen, das Kheira je erblickt hatte, das Gesicht eines Engels auf und lächelte ihr freundlich zu.

„Schön, dass du wieder unter den Lebenden bist. Hast du Schmerzen?" „Der Kopf und Durst", brachte Kheira mit kratziger Stimme hervor. „Versuch, dich ein wenig aufzusetzen, damit du besser trinken kannst", sagte Nala leise. Sie legte Kheira ihren Arm in den Rücken und half ihr hoch. Dann führte sie das Wasserglas vorsichtig an die Lippen des Mädchens und ließ sie trinken.

„Besser?" „Ähä", krächzte Kheira, verschluckte sich und hustete den letzten Schluck übers Bett hinweg, dem Kobold mitten zwischen die großen Ohren. Der grinste sie hilflos an. „Ach ja", sagte Nala. „Darf ich vorstellen, das ist Whistle, der gute Geist des Hauses. Er hat dich vor zwei Tagen mehr tot als lebendig aus dem Meer gezogen und hierher gebracht."

Whistle war gerührt. Nachdem er sich in den vergangenen Tagen von Meister Hora böse Schelte hatte anhören müssen, lobte ihn die Herrin gerade jetzt und hier vor dem fremden Mädchen. Er war froh, dass sein Gesicht noch tropfnass war, was seine Gefühle verbarg.

Während Nala leise weiter sprach, löste sie Visca vom Gürtel und fuhr mit dem Heilerstabe zunächst über Kheiras Schultern und Nacken und dann nach oben bis zum Atlasknochen, bevor sie ihn halbkreisförmig über beide Kopfhälften bewegte. „Mein Name ist Novala und ich bin hier die Heilerin. Wie dir Whistle geschrieben hat, nennen mich meine Freunde Nala und das kannst du als unser Gast auch gerne tun.

Avalon, schoss es Kheira durch den Kopf. Ich hab's geschafft. Ich bin auf die Zauberinsel gelangt. „Mein Name ist Kheira, Kheira Grand und ich habe den Herrscherstab gefunden."

Dann begann Kheira zu erzählen. Sie ließ nichts aus. Sie erzählte, wie Easy die Flaschenpost gefunden hatte, von der Begegnung mit Crazy Kitty, sie erzählte davon, dass sie neuerdings im Traum mit dem Raben fliegen könne; von der Spey Bay und wie sie der Rabe und das Siegel zu dem Zauberstab geführt hatten. Sie erzählte von ihrer Großmutter, die zu Regia offenbar eine besondere Verbindung hatte und zu guter Letzt erzählte sie von dem nächtlichen Überfall und von ihrer Flucht aufs Meer.

Als sie geendet hatte, entdeckte sie den alten Mann, der im offenen Türrahmen stand und sie nachdenklich betrachtete.

Sie hatte ihn nicht kommen sehen.

Der Abend kam und die Kopfschmerzen gingen. Kheira hatte ein wenig geschlafen und sie fühlte sich besser. Es roch nach Essen und Kheira bemerkte, wie hungrig sie war. Sie musste schlucken. Der Duft war einfach göttlich. Dann erschien Nala in der Tür und fragte, ob sie Hunger habe. Kheira nickte eifrig und sah verlegen zu Boden. „Was hast du?", wollte Nala wissen. „Ich habe nichts zum Anziehen", gab Kheira kleinlaut zurück.

Nala verschwand mit einem Lächeln und war wenig später mit einer Leinenbluse, einer weiten Hose mit

Stoffgürtel und einem Paar bequemer Sneakers zurück. „Die habe ich aufbewahrt, weil das früher meine Lieblingsklamotten waren." Kheira schlüpfte in die Sachen und bemerkte, wie bequem sie waren. „Ja, die sind prima zum Abhängen", bemerkte sie. „Zum A-B-H-Ä-N-G-E-N?", gab Nala verständnislos zurück. „Zum Entspannen eben", klärte sie Kheira auf.

„Gut, nun komm, die anderen warten bereits mit dem Essen auf uns".

Es gab gedünsteten Lachs, dazu Zitronenbutter, Salat und knuspriges weißes Brot. Das Wasser, das sie dazu trank, roch nach Blüten und schmeckte erfrischend. Kheira verschlang die Köstlichkeiten und als der Teller leer war, lud man ihr noch einmal soviel auf. Erst jetzt bemerkte sie, dass Hora, Nala und Whistle selbst kaum etwas gegessen hatten und sie staunend beobachteten.

„Iss langsam, Kind", bemerkte Hora „und erzähl von deiner Großmutter."

Kheira, die ahnte, worauf der Zauberer hinaus wollte, begann mit der Beschreibung ihrer Granny. Dass sie nicht mehr ganz jung, aber auch noch keineswegs eine alte Frau sei. Sie beschrieb ihr Aussehen, mit der von grauen Haaren durchwirkten blonden Mähne und den meerblauen Augen, die einen zu durchdringen vermochten. Sie erzählte davon, dass Elisabeth die

Kräuterkunde beherrschte wie keine andere Frau in der Umgebung und dass sie darüber hinaus über besondere Fähigkeiten verfügte. Als Beispiel beschrieb sie, wie Elisabeth den Raben zu Boden geschleudert hatte, ohne ihn zu berühren. Alle am Tisch hörten aufmerksam zu. Niemand unterbrach sie und nachdem sie geendet hatte, trat eine längere Pause ein.

Dann brachte Kheira den entscheidenden Satz: „Die Urgroßmutter meiner Granny kam vor mehr als hundertfünfzig Jahren aus dem Meer und sie war voller Magie."

Kheira hob den Blick und sah in die Runde. Meister Hora nickte still vor sich hin, als habe er eine solche Enthüllung erwartet. Whistle riss die großen Augen weit auf. „Die Herrin!", stieß er hervor. Nala saß wie versteinert am Tisch. Jegliche Farbe war aus ihrem Gesicht gewichen. Sie blickte ins Nichts und Tränen traten ihr in die Augen.

„Ma", war alles, was sie hervorbrachte.

Vermisst

Während auf Avalon nur wenige Tage vergangen waren, hatte in Lossiemouth bereits der Herbst Einzug gehalten und das Laub an den Bäumen leuchtete in den schönsten Farben. Kheira, die am Abend des 25. Juni den Eindringlingen im Haus ihrer Großmutter entwischt war, war zu Hause bei den Grands nicht angekommen.

Elisabeth hatte die Gelegenheit genutzt und den Zauberstab vom Boden aufgenommen. Dann hatte sie ihre Gegner fixiert, doch es hatte nicht viel an Überzeugungskraft bedurft, um die Männer zum Rückzug zu bewegen.

Den leblosen Körper ihres Anführers hatten sie mitgenommen.

Sobald die Männer weg waren, hatte sich Elisabeth einen Mantel übergeworfen und war durch die nächtlichen Gassen hinüber zur Middlestreet gelaufen, wo sie am Haus mit der Nummer 12 Sturm geklingelt hatte. Es dauerte eine Ewigkeit bis Kenneth an der Tür erschienen war und sie verschlafen musterte. Zwei Stunden später war klar, dass Kheira nicht auffindbar war und die Segeljolle ebenfalls fehlte. Kenneth hatte die Polizei eingeschaltet, die ihrerseits unverzüglich die Küstenwache informiert hatte.

Am Folgetag schleppte ein Boot der Küstenwache den kleinen Holzsegler in den Hafen von Lossiemouth, wo er kriminaltechnisch untersucht wurde. Man hatte das Boot einige Meilen vor der Küste entdeckt. Der Nachweis von Kheiras Blut sowie ein abgebrochener Fingernagel ließen keine Zweifel daran, dass das Mädchen an Bord und offensichtlich in Not gewesen war.

Die Küstenwache hatte eine weitere Woche nach Kheira gesucht. Dann hatten sich die Wetterbedingungen verschlechtert und die Einsatzleitung informierte die Eltern, dass die Suche wegen des Sturms abgebrochen werde und die Fortführung der Suchaktion nicht möglich sei.

Dafür erhielt die Familie unerwartet Hilfe von anderer Stelle. Den ganzen Sommer über suchten die Überwachungsflüge der NATO in dieser Region nicht nur nach verdeckten militärischen Aktivitäten, sondern auch nach einem verschwundenen vierzehnjährigen Mädchen. General Goodwill hatte der Erweiterung des Überwachungsauftrags zugestimmt, nachdem sich die Flugzeugbesatzungen und die Mitarbeiter der Datenauswertung am Boden dazu bereiterklärt hatten, die Auswertung der Bild- und Sensordaten in ihre Freizeit zu verlegen.

Man muss wissen, dass die Suche nach einem eineinhalb Meter kleinen Menschenkind ungleich schwieriger ist, als das Aufspüren eines aufgetauchten Unterseebootes mit der Länge eines Fußballfeldes.

Jetzt war der Sommer vorüber und sein Vorgesetzter hatte Kenneth mitgeteilt, dass die weitere Suche nach Kheira in dem kalten Nordseewasser keinen Sinn mache und dass er es nicht länger verantworten könne, wenn weiterhin ein Großteil des Personals zusätzlich zur täglichen Arbeitszeit die Nächte vor den Bildschirmen verbringe.

Daraufhin schwand im Hause Grand die Hoffnung, Kheira zu finden. Nur Elisabeth war weiterhin optimistisch. Sie war in den vergangenen Wochen und Monaten das Rückgrat der Familie gewesen und war sich sicher, nein sie wusste mit Bestimmtheit, dass ihrer Enkelin nichts Schlimmes widerfahren war.

Kennenlernen

Elisabeth hatte sich entschlossen, selbst nach ihrer
Enkeltochter zu suchen Dazu benötigte sie den
Zauberstab, doch den hatte sie bisher immer nur
intuitiv eingesetzt. Für dieses Vorhaben musste sie sich
jedoch mit den Möglichkeiten, die der Stab bot vertraut
machen. Das war in Lossiemouth nicht möglich. Man
stelle sich nur die überraschten Gesichter der
Einheimischen und der Touristen vor, wenn sie am
Strand und in den Dünen versuchte Blitz und Donner
heraufzubeschwören. Also musste sie raus aus ihrer
gewohnten Umgebung und am besten eignete sich die
Einsamkeit der Berge für solche Experimente.

Nachdem sich Elisabeth mit dem Versprechen in einer
Woche wieder zurück zu sein, von Mary, Kenneth und
Collin verabschiedet hatte, warf sie den gepackten
Rucksack, sowie Mantel und Mütze auf den
Beifahrersitz ihres Morris Minor und fuhr die
Schnellstraße 95 entlang bis Aviemore. Dort bog sie
nach links ab in die Berge und ließ den Wagen nahe
Loch Morlich auf einem Parkplatz für Wanderer
zurück. Sie entschied sich für einen Wanderweg in
Richtung Südwesten, der sie tiefer in die Cairngorms
führte.

Zu Beginn ihrer Wanderung waren ihr noch vereinzelt Menschen begegnet. Hier ein einzelner Angler beim Fliegenfischen, dort ein Nationalpark Ranger bei der Kontrolle seines Reviers. Als sie am nächsten Tag das Gebiet um Schottlands zweithöchsten Berg, den Ben Macdui erreichte, war sie mit Regia alleine.

Die Abgeschiedenheit dieser Gegend, in die sich Ende September wegen der widrigen Wetterbedingungen, die dort herrschten, niemand mehr verlief, wurde zur Bühne für eine Vorstellung, der außer den Wildtieren niemand beiwohnte. Dennoch blieb das intensive Kennenlernen von Elisabeth und Regia nicht unbemerkt. Die Erdbeben-Station, die im fünfzig Meilen entfernten Inverness die seismologischen Aktivitäten rund um den Kaledonischen Graben erfasste, zeichnete mehrere leichte Beben auf, deren Epizentrum im Zentralmassiv der Cairngorm Mountains lag.

Wenn der Herrscherstab die Macht hatte, eine Pforte zwischen den Welten zu verschließen, war er bestimmt auch in der Lage, ein Tor zur Zauberinsel zu öffnen. Wenn es ihr gelänge, würde sie ihre Enkeltochter möglicherweise dort wiedersehen. Kheira war clever, das wusste Elisabeth. Mit Hilfe der Flaschenpost hatte die Kleine bereits den Zauberstab ausfindig gemacht. Deshalb war es auch möglich, dass Kheira einen Weg nach Avalon gefunden hatte und wenn nicht, konnte

Elisabeth möglicherweise dort Gewissheit über das Schicksal des Kindes erhalten.

Ein Freund

„Raa, Raa, Raa.

Raa, Raa, Raa.

Kheiraa - Raabenfee!

Wie lange willst du noch schlafen?"

Es klopfte ans Fenster und als die Morgensonne den Weg in Kheiras Augen fand, sah sie den Vogel draußen auf dem Fensterbrett sitzen.

Es war ein stattlicher Rabe, der dort vor dem Fenster saß.

„Ich kann dich hören", sagte Kheira und rieb sich den Schlaf aus den Augen. „Natürlich kannst du das. Was hast du erwartet? Weißt du denn nicht wo du dich befindest?" gab der Rabe zurück. „Doch, das weiß ich, aber es ist ungewöhnlich, sich mit einem Vogel zu unterhalten, der meine Sprache spricht", beschrieb Kheira die Situation. „Ich spreche deine Sprache nicht. Wenn wir uns unterhalten sind keine Worte nötig, damit wir einander verstehen." Der Rabe hatte recht. Sie konnte seine Gedanken hören und er die ihren. „Mein Name ist Hugin", dachte der Rabe. „Ich heiße

Kheira." „Ich weiß", antwortete Hugin. „Mein Bruder Munin hat von dir erzählt. Du warst in seinen Gedanken." „Dann hat mich Munin zu dem Zauberstab geführt?", wollte Kheira wissen. „So ist es, denn der Herrscherstab darf nicht in falsche Hände kommen." „Oh", stöhnte Kheira innerlich auf. „Ich glaube, das ist bereits geschehen." Der Schreck des nächtlichen Überfalls im Haus ihrer Großmutter steckte ihr noch in den Knochen.

„Der Stab ist in Sicherheit", widersprach Hugin, „ansonsten wüsste ich davon."

„Kannst du mir sagen, wie es meiner Familie geht?", wollte Kheira wissen und dachte mit Wehmut an zu Hause. „Und ob ich das kann. Ich bin schließlich ein Wanderer zwischen den Welten. Deiner Familie geht es soweit gut, obwohl sie dich vermissen."

„Würdest du mir einen Gefallen tun?"

Kheira griff nach der Pergamentrolle auf dem Nachttisch und löste vorsichtig die Kordel mit dem Siegel daran.

Der Bote

Elisabeth und Regia waren inzwischen zu einer echten Einheit verwachsen. Wenn Elisabeth an Licht dachte, begann Solaris zu leuchten. War sie angespannt, schleuderte er Blitze, gefolgt von ohrenbetäubenden Donnerschlägen.

War sie zornig, fühlte es sich an, als baue der Zauberstab eine unheilvolle Spannung auf. Diese Spannung entlud sich schlagartig in Form von Erdbeben, die der Hammelfuß auf den Boden übertrug oder von Feuer, das der Drachenstein spie.

Dabei galt es, die jeweilige Energieentladung des Zauberstabs zu einem von ihr bestimmten Zeitpunkt zielgerichtet einzusetzen. Nach einigen spektakulären Fehlschlägen, bei denen sie sich vor herabstürzenden Felsen selbst in Sicherheit bringen musste, war Elisabeth im Großen und Ganzen mit sich zufrieden.

Gleichzeitig hatte sie in der Abgeschiedenheit des schottischen Hochlands ein Gespür dafür entwickelt, wenn Regia ihr etwas signalisierte. Seine Ausstrahlung veränderte sich zum Beispiel ein klein wenig, bevor ein Rudel Hirsche auf dem Bergrücken auftauchte. Als die Tiere Elisabeth wahrnahmen, brachen sie in vollem Lauf nach links weg und waren schnell wieder aus ihrem Blickfeld verschwunden. Als ein Hubschrauber die Region um den Ben Macdui überflog, war Elisabeth vorgewarnt. Sie verbarg sich unter dem kleinen Felsvorsprung, der ihr in diesen Tagen auch als Schutz vor Wind und Wetter diente.

Am sechsten Tag ihres Aufenthalts spürte die Stabträgerin, dass sich die Atmosphäre veränderte. Es lag etwas in der Luft. Wenig später sah sie den Raben. Es war ein großer Kolkrabe, größer als ein ausgewachsener Bussard. Er kam aus nordwestlicher Richtung auf sie zugeflogen und ließ sich auf einem Felsen in der Nähe nieder. Elisabeth näherte sich langsam dem Vogel. Sie bemerkte, dass er etwas im Schnabel trug, was er ihr mit einer geschmeidigen Kopfbewegung vor die Füße warf.

Sie bückte sich nach dem Gegenstand.

Als sie das Siegel erkannte, stockte ihr der Atem. Sie erfasste die Kordel und hob das Siegel vom Boden auf. Nachdem sie sich wieder gesammelt hatte, sah sie den Raben an und fragte mit leiser, eindringlicher Stimme:

„Wo ist mein Mädchen?"

Der Rabe flog in die Richtung davon, aus der er gekommen war. Elisabeth straffte den Rücken und konzentrierte sich auf ihre Enkeltochter. Kheira hatte

ihr eine Nachricht übermittelt und jetzt galt es, das
Kind zu finden und nach Hause zu bringen. Ihre
wenigen Habseligkeiten, die sich unterhalb des
Felsendachs befanden, waren schnell im Rucksack
verstaut und Elisabeth wanderte mit weit ausgreifenden
Schritten in die Richtung, in die der Rabe
verschwunden war. So erreichte sie nach einem
mehrstündigen Marsch den Waldparkplatz, auf dem sie
vor knapp einer Woche ihren Wagen zurückgelassen
hatte.

Auf dem Autodach stolzierte Hugin ungeduldig hin und
her und wartete auf die Menschenfrau. Die Aura der
Stabträgerin spürte er bereits von weitem. Dennoch war
es ihr nicht möglich, seine Gedanken zu lesen. Diese
Fähigkeit der Herrin vom See war offenbar nur auf die
Rabenfee übergegangen. Doch Hugin war nicht von
ungefähr Auge und Ohr seines Herrn Odin geworden.
Wer den Göttern so nahe stand wie er, der wusste sich
zu helfen.

Als Elisabeth den Wagen erreichte, wies ihr Hugin mit
dem Schnabel eine Postkarte, die er auf dem Autodach
abgelegt hatte. Er hatte sich am Postkartenständer vor
einem Zeitungskiosk bedient. Der Verkäufer im
Inneren des Kiosk hatte ihn wüst beschimpft und dabei
wild mit den Armen gefuchtelt.

Elisabeth kannte das Motiv. Die Standing Stones of Callanish waren eine mehr als fünftausend Jahre alte megalithische Kultstätte auf der Insel Lewis and Harris, die zu den Äußeren Hebriden gehörte.

„Also da muss ich hin", sagte Elisabeth. Hugin nickte. Er würde zur rechten Zeit dort am Steinkreis sein, doch zuvor gab es noch einiges zu erledigen sowie seinem Herrn Bericht zu erstatten.

115

Elisabeth war froh, dass der alte Wagen ohne Probleme ansprang. Sie fuhr auf schnellstem Wege zur A9 und passierte eine Stunde später den Kaledonischen Kanal bei Inverness. Dann folgte sie der A835 durch die nordwestlichen Highlands bis nach Ullapool, einem kleinen Städtchen an der Westküste. Von hier gab es täglich Fährverbindungen zu den vorgelagerten Hebriden, auch nach Lewis and Harris. Es war gegen achtzehn Uhr, als Elisabeth den Hafen erreichte. Die letzte Fähre hatte bereits um fünf Uhr abgelegt, was auf den kürzlich erfolgten Fahrplanwechsel von Haupt- auf Nebensaison zurückzuführen war.

Die nächste Fähre zu ihrem Ziel würde Ullapool erst am Folgetag verlassen.

Am Hafen fand sie ein Geschäft für den Bedarf von Sportfischern, das um diese Uhrzeit noch geöffnet hatte. Hier erwarb sie eine Angeltasche, in der sie Regia unauffällig transportieren konnte. In ihren ungewaschenen Sachen, mit Rucksack und Angeltasche ausgestattet, nahm ihr jeder die Fliegenfischerin ab. Auch in der kleinen Pension, in der sie für die Nacht ein Quartier fand, stellte niemand Fragen. Wahrscheinlich auch deshalb nicht, weil Rucksacktouristen in Ullapool zum Straßenbild gehörten.

Das gemütliche Zweibettzimmer verfügte über Fernseher sowie einen Wasserkocher für die Zubereitung von Heißgetränken. Nachdem Elisabeth ihr Mobiltelefon am Ladegerät angeschlossen hatte, brühte sie einen Tee auf und ließ sich ein Bad ein. Nach einer Woche Katzenwäsche war Körperpflege dringend angesagt. Bevor sie sich in das heiße Wasser gleiten ließ, rief sie Mary an und informierte sie über die jüngste Entwicklung. Sie erzählte ihrer Tochter, dass sie beabsichtige am nächsten Morgen die erste Fähre nach Stornoway zu nehmen, um keine weitere Zeit zu verlieren. Weil sie fühlte, wie schlecht es Mary ging, wiederholte sie mehrfach, dass sie sicher sei in der Steinformation Callanish einen Zugang zur Zauberinsel zu finden und dass sie Kheira wieder heil nach Hause bringen werde.

Mary, der in den vergangenen Tagen der Zuspruch ihrer Mutter gefehlt hatte, schaltete das Telefon aus und wand sich an ihren Jüngsten, der um Balance bemüht am Küchentisch stand und sich an einem Stuhl festhielt. „Granny bringt Kheira mit nach Hause", sagte sie übertrieben zuversichtlich, auch um sich selbst Mut zu machen.

„Kia, Kia, Kia", rief Collin begeistert. Dabei lächelte er zu dem Raben hinüber, der vor dem Küchenfenster saß.

Der kleine Grand wusste längst mehr als seine Mutter.

Callanish

Der nächste Tag brachte sonniges und ruhiges Herbstwetter, was so weit oben im Norden nicht alltäglich war. Nach einem „Full Scotish Breakfast", das sie gierig verschlang, nahm Elisabeth die erste Caledonian-MacBrayne-Fähre nach Lewis and Harris.

Den Hauptort Stornoway auf der Lewis-Seite der Insel erreichte die Fähre am späten Vormittag. Elisabeth, die ihren Wagen in Ullapool zurückgelassen hatte, deckte sich mit neuem Proviant ein, den sie im Rucksack verstaute. Callanish bestand aus mehr als zwanzig Steinformationen und gehörte weltweit zu den größten Megalithanlagen. Es war als Touristenattraktion ausgewiesen und nicht schwer zu finden. Elisabeth ergriff ihre Angeltasche und marschierte los.

Am Nachmittag erreichte Elisabeth „The Standing Stones of Callanish" nahe Breasclete. Sie zahlte Eintritt und besichtigte die verschiedenen Steinformationen. Dabei sah sie sich in dem weitläufigen Areal nach einem geeigneten Ort um, an dem sie sich bis zur Schließung der Anlage verbergen konnte. Sie fand Unterschlupf in einem Gebüsch nahe der Umzäunung. Zunächst aß sie etwas Brot mit Käse und dann befreite sie Regia aus seinem Gefängnis. Nachdenklich strich sie über das helle Holz. Dabei spürte sie, dass die

Region um das Avalonissiegel am stärksten reagierte. Das war insofern ungewöhnlich, als bei ihren Versuchen in den Cairngorms dieser Teil des Stabes nicht besonders aktiv war.

Um fünf Uhr wurde die Anlage geschlossen. Kurz vor fünf kontrollierte ein Mitarbeiter das Gelände und forderte die letzten Besucher auf, sich zum Ausgang zu begeben. Die Hecke, unter der sich Elisabeth versteckt hatte, beachtete er bei seinem Rundgang nicht. Nachdem alles ruhig war, wartete Elisabeth zur Sicherheit eine halbe Stunde, bevor sie sich aus ihrem Versteck wagte.

Ein Stück abseits der großen Steinkreise saß Hugin auf einem einzelnen umgestürzten Monolithen und erwartete sie. Als sie näher kam, spürte sie die Energie, die dieser Ort besaß. Sie führte den Herrscherstab mit der rechten Hand und tastete sich mit der linken vorsichtig an das unsichtbare Energiefeld heran. Ein Prickeln an den Fingerspitzen signalisierte ihr, dass sie das Tor zur verborgenen Insel erreicht hatten. Ihre Hand verschwand in dem unsichtbaren Durchgang. Sie zog sie ein wenig zurück. Wie in Zeitlupe kamen das Handgelenk, der Handrücken, die Knöchel und zuletzt die Finger wieder zum Vorschein. Elisabeth hob den Kopf und sah nach dem Vogel.

Der Rabe nickte ihr ermutigend zu.

Wer hätte das gedacht. Die Pforte offenbarte sich ohne Zauberformel, wie zum Beispiel ein „Sesam, öffne dich." Es genügte die Magie, die von diesem heiligen Ort ausging.

Sie nahm allen Mut zusammen und trat ein.

Die Verbannten

Avalon diente nicht nur als Zuflucht sondern wurde in der Vergangenheit ebenfalls zu einem Ort, an den Unruhestifter verbannt wurden. Eine von ihnen war Morgana, die Fee. Als Schwester von König Artus konnte sie lange Zeit ihre Intrigen an dessen Hof ungehindert spinnen, ohne dass sie dafür zur Rechenschaft gezogen wurde. Als sie es zu weit trieb, traten ihr Merlin und Hora entgegen und sprachen den Zauberbann über sie. Morganas magische Fähigkeiten reichten bei weitem nicht aus, den beiden Großmeistern entgegenzutreten und so fand sie sich auf Avalon wieder, wo sie ihrer Kräfte beraubt, fortan ein Schattendasein führte.

Als Behausung wies man ihr weit abseits vom See eine schäbige Hütte zu. Hier fristete sie seit Jahrhunderten ein karges Dasein am Rande der Gesellschaft. Einst, als Schwester des Königs von Britannien, standen ihr sämtliche Annehmlichkeiten des königlichen Hofes von Camelot zur Verfügung. Was würde sie heute dafür geben, könnte sie die Zeit zurückdrehen. Damals hatte sie glänzendes schwarzes Haar, das von ihrer Kammerzofe täglich gebürstet wurde. Heute waren ihre Haare ohne Glanz, stumpf und filzig. Die Zeit hatte ihre Spuren hinterlassen.

Doch das war nur äußerlich.

In ihrem dunklen Herzen brannte noch das alte Feuer, gespeist vom Hass auf diejenigen, die für ihr Exil in der Anders-Welt verantwortlich waren. Da war an erster Stelle Hora, der sie damals in Camelot bezwungen und hierher verbannt hatte. Außerdem wünschte sie Nimue den Tod, denn die repräsentierte Avalon, Morganas Gefängnisinsel. Mit einem Schlag gegen Nimue konnte sie den alten Zauberer treffen, den offensichtlich mit der Herrin vom See mehr verband als nur Freundschaft.

Jedenfalls wich er nicht von ihrer Seite. Außerdem musste man sich die blonde Kröte, der sie den Namen Novala gegeben hatten und die von allen nur Nala gerufen wurde nur näher ansehen, um die Gesichtszüge des verhassten Magiers in ihr zu entdecken.

Morgana hatte lange auf eine Gelegenheit gewartet um Rache zu nehmen. Als sie von der für den Beltane-Tag angesetzten Zeremonie erfuhr wusste sie, dass der Zeitpunkt dazu gekommen war.

Zunächst verschaffte sie sich Zutritt zu Meister Wetgels Hütte. Das war kein Problem, denn die besten Jahre des Zauberers lagen bereits hinter ihm und mit seinen dünnen, eng am Kopf anliegenden Haaren und der blassen fast durchsichtigen Haut war er fürwahr kein Frauenschwarm.

Morgana überwand sich, besuchte ihn eines Abends, redete ihm schön und blieb über Nacht. Das tat sie fortan häufiger und wenn Wetgel, der sein spätes Glück kaum fassen konnte selig eingeschlafen war, erhob sich Morgana und wickelte den Fuß von Aquilla in einen mit Otterfett getränkten Lappen, den sie früh am Morgen wieder entfernte.

Auch sammelte Morgana fleißig Feenstaub. Der entstand, wenn die kleinen Waldfeen durch die Obstgärten schwebten. Die Rückstände der magischen Energie, die als Glitzern sichtbar wurden und die die kleinen Feen insbesondere beim Fliegen verbrauchten, rieselten als feine Asche zu Boden. Mit dem Feenstaub selbst konnte man keine große Magie mehr vollbringen, aber er besaß noch genug Kraft, um einen Zauber zu verstärken oder ins Gegenteil umzukehren. Das war der mühsamste Teil des Plans, denn sie benötigte eine Menge Feenstaub, damit er gelingen konnte. Morgana, die ihrer eigenen Zauberkräfte beraubt war wusste, dass nur Hora mit seinem Stab die Fähigkeit besaß, die Pforte am See zu schließen. Sie beabsichtigte, dessen Magie so zu manipulieren, dass sie sich gegen den Alten selbst richtete.

Am Morgen des Beltane-Festes war Morgana vor allen anderen unterwegs. Sie stand im seichten Wasser des Sees genau an der Stelle, an der sich die Pforte befand. Da sie keine Zauberkräfte mehr besaß und unter dem

Bann von Merlin und Hora stand, blieb der Zugang zur Welt der Menschen für sie verborgen. Dennoch wusste jeder auf Avalon wo sich die Pforte befand. Als sie sicher war, dass sie niemand beobachtete, löste sie einen Lederbeutel aus ihrem Umhang und verteilte daraus den Feenstaub auf der spiegelglatten Wasseroberfläche. Nur langsam sanken die winzigen Staubpartikel zu Boden und blieben dort liegen. Sie waren praktisch unsichtbar. Nur ein wenig Wind oder Wellen und ihr Vorhaben wäre zum Scheitern verurteilt, doch unter idealen Bedingungen könnten die Würdenträger nachher ihr blaues Wunder erleben.

Als sie sich vom Ufer entfernte, achtete sie darauf, keine Spuren zu hinterlassen.

Ihr teuflischer Plan war aufgegangen. Als Hora mit seinem Stab die unsichtbare Pforte berührte, verstärkte der Feenstaub den Zauber um ein Vielfaches. Die heftige Reaktion beim Kollabieren des Durchgangs kam für die meisten völlig überraschend und die Umstehenden wichen erschrocken zurück. Nur Morgana, die sich in einiger Entfernung hinter einem Reisighaufen verbarg, grinste in sich hinein und verfolgte den Fortgang des Geschehens aus sicherer Entfernung. Sie sah, dass die unkontrollierte Kraft des Zaubers den Stab fast zum Bersten brachte.

Ach, wie sie diese Situation genoss. Infolge der freigesetzten Energie entstanden Verwerfungen innerhalb der Passage und es bildete sich ein Strudel auf dem zuvor ruhigen See, der wie ein schwarzes Loch alles in seiner näheren Umgebung in sich hineinzog. Der alte Zauberer konnte Regia nicht mehr festhalten und schaute ungläubig drein, als sein Lieblingsspielzeug und seine Lieblingsfee im Strudel der Zeit verschwanden.

Meister Wetgel versuchte mit Hilfe von Aquilla vergeblich den See zu besänftigen, doch es gelang ihm nicht. Der über Wochen tief in das Holz seines Zauberstabes eingedrungene Otterschmalz wirkte wie eine Isolierung und verhinderte, dass der Stab seine Zauberkraft an das Wasser abgeben konnte. Das wusste außer Morgana niemand und so sollte es auch bleiben, bis sie mit Hora endgültig fertig war.

Das Leben auf Avalon

Kheira entdeckte täglich Neues auf der Zauberinsel. Oft begleitete sie Whistle zu dessen Stellnetzen. Dann saß sie am Strand und beobachtete den Kobold, wie der die viel zu weite Hose hochrollte bevor er mit seinen dürren Beinen ins Meer stieg und zu den Netzen hinaus watete. Oder sie schlenderte am See entlang, auf dessen Oberfläche die Wolken an windstillen Tagen fangen spielten. Bei einer leichten Brise wirkte das Gewässer noch mystischer, dann erschien mancher Stock im Spiel der Wellen als Wasserschlange mit hoch aufgerichtetem Kopf und das Licht tat das Seine dazu, um die Sinnestäuschung zu vollenden. Gerne hätte sie Easy an ihrer Seite gehabt.

Deren Spürnase wäre hier nichts entgangen.

Besonders gerne begleitete sie Nala bei der Kräutersuche oder bei Krankenbesuchen. Dann konnte sie mit ihren Kenntnissen in Naturheilkunde glänzen. Viele Heilpflanzen kannte sie bereits mit Namen und wusste um deren Wirkungsweise. Nala zeigte sich manches Mal ehrlich beeindruckt. Doch an die junge Heilerin kam niemand heran. Sie zeigte, erklärte, ließ riechen, schmecken, fühlen und verriet geheimes Wissen, das sich die Frauen ihres Geschlechts über Generationen angeeignet hatten.

Und dann war da noch Visca der Heilerstab, mit dem Nala ihren Patienten Heilung oder zumindest Linderung verschaffen konnte. Nala erzählte, dass Visca erstmals ihre Urgroßmutter beim Mistel schneiden erwählt hatte. Seitdem war er der Familie treu geblieben, was möglicherweise auch daran lag, dass er im Gegensatz zu Regia ein eher sanftes und ausgeglichenes Wesen besaß.

Abends, wenn es dunkel wurde, sah sie dem Schmied bei der Arbeit zu. Mit baumstarken Armen schwang er seinen Hammer, bevor der auf das glühende Metall niedersauste und bei jedem Auftreffen mit einem glockenhellen "Ping" Sterne in den Himmel schickte.

Er schien niemals müde zu werden.

Als Kheira bei einem ihrer Spaziergänge am See durch die Obstwiesen streifte, sah sie oben am Waldrand ein helles Funkeln. Das musste Feenstaub sein!

Bisher war es ihr nicht gelungen, die kleinen Waldfeen, von denen ihr Nala erzählt hatte, bei ihrem Spiel zu beobachten. Sie beschloss nachzusehen, was da ihre Aufmerksamkeit erregt hatte und lief voller Neugier zwischen den Apfelbäumen hindurch darauf zu, ohne den Blick abzuwenden. Das Glitzern verschwand. "Mist!" Kheira beschleunigte ihren Schritt. Dabei blieb der See immer weiter hinter ihr zurück.

Nala hatte sie gewarnt, sich nicht allzu weit vom See zu entfernen, zumal, wenn sie wie heute alleine unterwegs war. Doch die Neugier trieb sie an. Da war das Glitzern wieder. Das Mädchen hatte den Wiesengürtel, der den See umfing, längst verlassen und wand sich mittlerweile durch immer dichter werdendes Gestrüpp. Drüben am Waldrand lag ein großer Findling. Dort konnte sie hochklettern und sich einen Überblick verschaffen. So sollte es funktionieren. „Autsch!" Das Dornengestrüpp, das sie soeben mit der Hand weggedrückt hatte, war ihr entglitten und schlug ihr auf dem Weg zurück in seine Ausgangsposition ins Gesicht. Die Stirn und die linke Wange brannten höllisch. Sie wischte sich mit dem Handrücken über die Stirn.

Er färbte sich rot.

Kheira hatte den Felsbrocken beinahe erreicht, als sie die dunkelhaarige Frau sah. Sie saß mit verschränkten Beinen vor dem Findling und häutete ein Eichhörnchen. Ihre Finger gingen dabei äußerst geschickt vor. Sie hob den Kopf, als Kheira die letzten Dornen beiseite schob und zu ihr trat. Ihre Tätigkeit beendete sie dabei nicht. Mit einer Glasscherbe, die in der Sonne glitzerte, ritze sie das Fell des Tieres rund um die sehnigen Knöchel ein. Danach fuhr das messerscharfe Glas an der Innenseite der Schenkel nach oben und umrundete den langen Schweif der

Eichkatze am Ansatz. Kheira blieb mit offenem Mund vor der fremden Frau stehen und starrte gebannt auf die Szene, die sich vor ihr abspielte.

„Du bist die kleine Prinzessin vom See?! Alle im Ort reden von dir." Kheira war nicht in der Lage zu antworten. Der einsetzende Würgereiz schnürte ihr den Hals zu. Die Frau hatte die Glasscherbe zur Seite gelegt und mit flinken Fingern das Fell an den Unterschenkeln gelöst. Dann ging alles sehr schnell. Sie hielt das Eichhörnchen mit der linken Hand an den Hinterläufen, während die freie Hand das Fell mit einer einzigen fließenden Bewegung vom Tierkörper zog. Als Kheira den süßen Geruch des noch warmen Fleisches wahr nahm, übergab sie sich. "Du sollst in unmittelbarer Linie von Nimue abstammen. Stimmt das?" Kheira brachte kein einziges Wort über die Lippen. Sie hob mühsam den Kopf und starrte paralysiert auf den nackten, toten Leib des kleinen Nagers, dem als einzige Zierde der lange, buschige Schwanz geblieben war. Dabei spürte sie, wie ihr selbst das Blut über die Stirn lief und sich in den Augenbrauen sammelte. "Was ist?", blaffte die Frau sie an. "Hat es dir die Sprache verschlagen?" Damit stand sie auf und band sich das Eichhörnchen an den Gürtel. Dann nahm sie die Scherbe wieder auf und sah dem Mädchen böse lächelnd in die vor blankem Entsetzen weit aufgerissen Augen.

Das war die Gelegenheit, dem verhassten Zauberer und seiner Brut den Gar aus zu machen.

Kheira spürte seine Anwesenheit, bevor sie ihn sah. Als Morgana mit der Scherbe ausholte, bohrten sich seine kräftigen Krallen tief in ihre Unterarme, die sie nun schützend vors Gesicht hielt. Dann senkten sich seine breiten Schwingen wie ein dunkler Schleier über Morganas Kopf.

Hugin ließ erst von ihr ab, als die Glasscherbe zu Boden fiel. „Du schwarzer Teufel!", fuhr sie ihn an, bevor sie mit zerzaustem Haar und schmerzenden Wunden ihr Heil in der Flucht suchte.

Der Rabe leitete Kheira zurück zur Hütte, wo sie Nala schluchzend in die Arme lief.

Die Kratzer im Gesicht waren schnell versorgt, doch die Begegnung mit Morgana wirkte noch lange nach.

Der Rat der Weisen

Bis zur Katastrophe am See waren die Träger der Großen Fünf im Rat der Weisen eine feste moralische Instanz gewesen, an der sich die übrigen Ratsmitglieder orientierten. In der Zwischenzeit hatte sich jedoch einiges verändert. Hora war kein Stabträger mehr und Regia war verschwunden. Daher blieb ein Platz im Rat unbesetzt.

Für Nimue war ihre Tochter Novala als neue Trägerin des Mistelstabes und stimmberechtigtes Mitglied in den Rat aufgenommen worden. Da sie als Herrin vom See und Hüterin der Quelle ebenfalls den Vorsitz des Rates inne hatte, war die junge Frau über Nacht zur wichtigsten Person der Insel geworden. Ihr Leben hatte sich seitdem grundlegend verändert. So war ihre Anwesenheit bei offiziellen Anlässen stets gefordert. Häufig musste sie Zeremonien selbst leiten oder eine Ansprache halten. Auch wurde sie bei Streitigkeiten regelmäßig zur Schlichterin bestimmt.

Die Schuhe, die ihre Mutter hinterlassen hatte, waren ihr einige Nummern zu groß und Nala fühlte sich mehr als einmal überfordert.

Auch im Rat war sie zunehmender Kritik ausgesetzt. Dort formierten sich nun die Kräfte, die sich gegenüber

Nimue und Hora niemals aus der Deckung gewagt hatten und arbeiteten gegen die junge Vorsitzende. Dabei trat Meister Wetgel besonders in Erscheinung. Offenbar tat das süße Gift, das ihm Morgana nachts ins Ohr flüsterte seine Wirkung. Er und seine Mitstreiter forderten, den freien Platz im Rat neu zu besetzten.

Die Gruppe argumentierte, dass es an der Zeit sei, die auf die Insel verbannten stärker in die Gesellschaft zu integrieren. Damit das gelänge, sollten die Verbannten einen eigenen Repräsentanten bestimmen, der fortan als stimmberechtigtes Mitglied dem Rat der Zwölf angehören sollte.

Der Antrag wurde in mehreren Sitzungen kontrovers diskutiert und für den späten Nachmittag zur Abstimmung im Rat gestellt. Da das Ergebnis der Abstimmung nicht vorhersagbar war, bemühten sich Befürworter sowie Gegner des Antrags, bis dahin die noch unentschlossenen Ratsmitglieder auf ihre Seite zu bringen.

In der Zwischenzeit brachte sich Morgana bei ihren Leidensgenossen bereits als mögliche Kandidatin für das Amt des Repräsentanten in Position.

Nala, die den Einzug von Morgana in den Rat unbedingt verhindern wollte, führte an diesem Vormittag viele Gespräche. Meister Lumen war auf ihrer Seite. Auch bei drei der gewählten Ratsmitglieder konnte sie sich sicher sein. Sie hatte soeben mit dem Schmied gesprochen, doch der war nicht umzustimmen. Damit hatten sich die übrigen vier Mitglieder auf Zeit der Initiative von Meister Wetgel angeschlossen. Blieb nur noch Meister Latex. Der war von Anfang an ein Wackelkandidat gewesen, der mal so und mal so tendierte. Es war zum verrückt werden. Nalas Gespräch mit ihm brachte keine Klarheit. Sollte sich Latex für den Antrag aussprechen, hätten die Befürworter eine Stimme mehr und damit wären der Hexe Tür und Tor geöffnet um in den Rat einzuziehen und ihr schleichendes Gift zu verbreiten. Bereits der Gedanke daran verschaffte Nala Übelkeit. Wer wusste, wozu das Weib dann fähig war.

Blieb nur zu hoffen, dass sich Meister Latex bis zur Abstimmung besann.

Sie hatte getan was sie konnte. Ihre Möglichkeiten, das Ergebnis der Abstimmung mit fairen Mitteln zu beeinflussen, waren erschöpft und auch sie selbst war mit ihrer Kraft am Ende. So ging sie nach Hause und ließ sich von Whistle eine Limonade bringen. Damit setzte sie sich im Garten unter einen der Apfelbäume und wollte mit niemandem reden.

Hora wirkte besorgt. Kheira sah, dass der alte Mann bereits zu so früher Stunde seine Pfeife gestopft hatte und nachdenklich vor sich hin paffte.

Ob das Mittagessen heute ausfiel? Sie beschloss Whistle danach zu fragen. Den kleinen Kobold mit dem großen Herzen hatte sie in den Tagen seit ihrer Ankunft sehr lieb gewonnen und der achtete stets darauf, dass es Kheira an nichts fehlte.

„Mittagessen, türlich, türlich", sagte er und hastete in die Vorratskammer.

Die Entscheidung

Bereits vor dem Ratsgebäude war die Anspannung der Anwesenden spürbar. Neben den Ratsmitgliedern hatten sich auch viele Inselbewohner auf dem Platz versammelt, denn heute stand eine wichtige Entscheidung an. Außerdem wollten sie wissen, wer sich in der Sache durchsetzen würde. Meister Wetgel oder die junge Ratsvorsitzende.

Das Ergebnis würde die Machtverhältnisse im Rat für lange Zeit beeinflussen.

Nachdem die Ratsmitglieder den Sitzungssaal betreten und ihre Plätze eingenommen hatten, eröffnete Nala die Sitzung. Es wurde still. Wehmütig blickte sie zu dem leeren Stuhl zu ihrer Rechten. Dann erfolgte die namentliche Stimmabgabe reihum. Meister Wetgel – dafür, Meister Lumen – dagegen, Meister Latex – dafür .... Für Nala war das wie ein Schlag ins Gesicht. Die übrigen Mitglieder stimmten wie erwartet ab. Das war's, dachte sie. Selbst mit ihrer Stimme unterlagen die Antragsgegner mit fünf zu sechs Stimmen.

Wetgel straffte den Rücken und ein überlegenes Lächeln umspielte seinen Mund. Er sah herausfordernd zu Nala hinüber. „Wenn die Vorsitzende ihre Stimme ebenfalls abgeben und dann das Ergebnis offiziell feststellen könnte, wäre ich dankbar.", sagte er. Vor dem Ratsgebäude entstand Unruhe. Dann flog die Tür zum Sitzungssaal auf.

„Nicht so schnell!" rief Hora vom Eingang her.

„Was bildest du dir ein Hora? Du hast kein Recht hier zu sein. Du bist kein Stabträger mehr." Wetgel war aufgesprungen. Seine Augen blitzten. Er schäumte vor Wut.

„Er nicht, aber ich", vernahmen die Anwesenden eine Frauenstimme, die fremd und zugleich seltsam vertraut klang. Dann trat Elisabeth hinter Hora hervor. Regia in der rechten Hand ging sie auf den runden Tisch zu und blieb neben dem freien Stuhl stehen. „Darf ich?", fragte Elisabeth und blickte in die Runde. Während den meisten Ratsmitgliedern der Mund noch offen stand, hatte sich Wetgel wieder gefangen. „Woher wissen wir, dass..." Noch bevor er den Satz vollendet hatte, hielt ihm Elisabeth Solaris unter die Nase, der ihn böse anfunkelte. Im Rückwärtsgang stieß Wetgel gegen seinen Stuhl und saß.

Dann drehte sich Elisabeth zu Nala um, die sie stumm anstarrte. „Darf ich?", wiederholte sie ihre Frage mit einem Lächeln. Die junge Ratsvorsitzende nickte stumm. „Meister Hora war so freundlich mich auf dem Weg hierher über den vorliegenden Antrag in Kenntnis zu setzten. Daher können wir meinetwegen mit der Abstimmung fortfahren.", versuchte Elisabeth die Atmosphäre ein wenig aufzulockern. „Ich bin übrigens gegen den Antrag von Meister Wetgel", gab Elisabeth zu Protokoll.

„Ich auch." Nala hatte ihre Fassung wiedererlangt. „Damit haben wir sechs Ja-Stimmen und sechs Nein-Stimmen. Also ein Patt. Als Ratsvorsitzende gibt meine Stimme bei Gleichstand den Ausschlag. Der Antrag von Meister Wetgel ist damit abgelehnt." stellte Nala fest. „Außerdem ist die Grundlage für die Abstimmung mit dem Erscheinen der Stabträgerin entfallen.

Ich erkläre daher die Sitzung für beendet."

Abschied

Elisabeth war innerhalb kürzester Zeit das Gesprächsthema auf der ganzen Insel und auch beim Abendessen in Meister Horas Hütte gab es viel zu erzählen. Whistle hatte zu diesem besonderen Anlass die feinsten Schätze aus der Speisekammer hervorgeholt und ein köstliches Mahl gezaubert. Die Stimmung war ausgelassen und sie redeten bis tief in die Nacht.

Dann standen Elisabeth und ihre Enkelin vor der Hütte und hielten sich bei den Händen. „Du musst wieder nach Hause, Kleines", sagte Elisabeth. „Seit du weg bist, sind bei uns viele Monate vergangen und deine Eltern vermissen dich sehr." „Und du?" wollte Kheira wissen. „Ich komme noch nicht mit zurück. Meister Hora hat mir angeboten, sein Wissen an mich weiter zu geben. Das kann ein wenig Zeit in Anspruch nehmen, denn er hat viel erfahren in seinem langen Leben."

Zu viele Augen waren nach den Ereignissen des Tages auf die Hütte am See gerichtet. Sie hatten deshalb die Fensterläden geschlossen und das Licht gedämpft. Noch in der selben Nacht hatten sie sich voneinander verabschiedet. Sie hatten beschlossen, dass ausschließlich der Rabe Kheira zum Portal begleiten würde. Odins Pforte musste unter allen Umständen geschützt werden.

Hora trat auf Kheira zu. Seine Hand verschwand in der Innentasche seines Umhangs und erschien wenig später mit einem silbernen Medaillon, welches an einem dünnen Lederband befestigt war. Es zeigte das Wappen Avalons, den Apfelbaum und in seinem Zentrum das Hexagramm. "Kheira, du hast Regia aufgespürt und durch dein mutiges Handeln unsere Insel vor großem Schaden bewahrt. Die Ratsvorsitzende hat mich daher gebeten, dir als Zeichen unserer Dankbarkeit und Wertschätzung das Symbol Avalons zu überreichen. Es soll dich an uns erinnern und beschützen, wo immer du hingehst. Du bist jetzt eine von uns." Er reichte Kheira den Anhänger und blickte mit einem Lächeln zu Nala hinüber, die etwas abseits stand.

Es war das erste Mal, dass Kheira den alten Zauberer lächeln sah.

Dann nahm Nala sie in die Arme und drückte Kheira fest an sich. "Machs gut kleine Schwester."

Whistle, dem die Situation sichtlich nahe ging, streckte Kheira Sandwichs und Apfelkuchen entgegen. Sie nahm den in ein sauberes Tuch eingeschlagenen Proviant und stellte das Bündel hinter sich auf den

Tisch. Als sie sich wieder umdrehte, war der kleine Kerl verschwunden.

Elisabeth küsste ihre Enkelin auf die Stirn und gab ihr einen Brief an Mary mit auf den Weg. Eigentlich war es eine mit dem Avalonissiegel versehene Pergamentrolle.

Kheira verließ die Hütte noch vor Sonnenaufgang. Lautlos schlüpfte sie durch die nur einen Spalt breit geöffnete Holztür. Draußen in der Dämmerung des nahenden Tages wartete Hugin. Es folgte ein kurzer Gedankenaustausch.

"Bereit?"

„Ja, aber das Herz ist mir schwer."

"Komm!"

Dann flog der Rabe davon und das Mädchen folgte ihm schweigend.

Epilog

Schottische Nordküste, Sommer 2018

Die junge Frau saß in den Dünen. Ihr Blick schweifte
ruhig über die offene See. Die Füße hatte sie in den
feinen, kühlen Sand gebohrt. Daneben lag ein
Leinenschuh. An der Sohle des anderen kaute voller
Hingabe ein Hundewelpe, der von Zeit zu Zeit seinen
Blick hob um zu erfahren, ob seine Herrin mit ihm
zufrieden war.

Doch die beachtete ihn nicht.

Ihre Augen schienen einen Ort weit draußen auf dem
Meer zu suchen.

Sie nickte leicht, als lausche sie dem Raben, der stumm
auf ihrer Schulter saß.

Personenverzeichnis

Kheira Grand	ein 14-jähriges schottisches Mädchen
Kenneth	ihr Vater
Mary	ihre Mutter
Collin	ihr kleiner Bruder
Elisabeth	ihre Großmutter
Mystique	schweizer Zauberkünstler bürgerlicher Name: Gilbert Lafayette
Bridei	König der Pikten
Dulcitius	römischer Heerführer
Cumulus	sein Schreiber
Nimue	Herrin vom See
Novala (Nala)	ihre Tochter
Whistle	ein Kobold
Morgana	Schwester von König Artus

Die Großen Fünf (Zauberstäbe) und ihre
Stabträger:

Regia	Meister Hora (Herr der Zeit und oberster Priester der Pikten)
Aquilla	Meister Wetgel
Lux	Meister Lumen
Salix	Meister Latex
Visca	Herrin vom See
Rat der Zwölf	auch Rat der Weisen genannt. Er trifft alle wichtigen Entscheidungen auf der Insel Avalon. Er setzt sich zusammen aus den Trägern der Großen Fünf sowie aus sieben weiteren Mitgliedern, die auf Zeit in den Rat gewählt sind.

Mein besonderer Dank gilt:

Yvonne Meyer-Röllin,

von der Altstadt Goldschmiede Koblenz,

die mit Fantasie und Handwerkskunst

maßgeblich zum Gelingen des Projektes

beigetragen hat.

Ihr verdanke ich auch den Raben.

Meinen fleißigen Testleserinnen

für ihre konstruktiven Anmerkungen.